DÉVELOPPEMENT PERSONNEL

DU MÊME AUTEUR

—

En attendant Bojangles. Finitude, 2016.
Pactum salis. Finitude, 2018.
Florida. Finitude, 2021.

OLIVIER BOURDEAUT

Développement personnel

FINITUDE

Illustration de couverture :
© skodonnell / iStock

ISBN 978-2-36339-205-3

pour Suzanne, Henri
et Frédéric

Aller de l'avant

Benirrás m'a-t-on glissé à l'oreille comme s'il s'agissait d'une formule magique.

Benirrás ai-je entendu, avec la même intonation que B.B. susurrant *Almería* à l'oreille de Gainsbourg.

Benirrás, un code secret.

Sur la côte nord d'une île perdue dans la Méditerranée, j'ai loué pour trois semaines une petite cabane en pierre de vingt et un mètres carrés. Après m'être assuré que la *casita* disposait du confort élémentaire – toit étanche, électricité, eau courante, lit, douche, frigidaire – je m'exclamai euphorique et spontané : *Madre mía que paraíso* ! (Oui, il m'arrive de m'exclamer en espagnol.)

« Tu vas être bien ici pour écrire », me glisse Suzon, ma femme, qui est venue trois jours pour s'assurer de la salubrité des lieux, tandis qu'elle ouvre la minuscule fenêtre. « Regarde cette vue, c'est à couper le souffle. »

Ah oui voilà, écrire. Travailler. Je suis là pour travailler. Mais entre nous, qui viendrait sur cette île pour bosser ? C'est grotesque. Écrire est déjà un projet à la con, mais écrire sur une île paradisiaque, c'est tout à fait ridicule.

J'ai accepté parce que, justement, je n'arrive plus à écrire depuis des mois et que, ma foi, un changement radical de décor et d'habitudes ne peut pas faire de mal.

J'ai accepté parce que j'ai toujours adoré cette île, qu'Ibiza m'a toujours fait rêver et que la découvrir au mois de janvier me paraissait une excellente idée.

J'ai accepté parce que le prix de la location était à la hauteur de la superficie, et que payer pour travailler me semblait être une contrainte supplémentaire qui devait entraîner une obligation de résultat.

Ou peut-être ai-je accepté de louer ce petit abri perdu dans la pampa pour la simple et bonne raison que pendant des années ce genre d'endroit m'a semblé la pure définition du paradis. De 2009 à 2016, je n'ai eu qu'une obsession : écrire un roman qui me permettrait d'acheter une cabane dans les montagnes espagnoles et y vivre pour continuer à écrire. J'en parlais à tout le monde, je la décrivais à mes amis les plus proches. Je l'avais même trouvée. Au-dessus du lac de Guadalest dans la vallée du même nom, un cabanon de deux pièces et au bout de la parcelle, une passerelle en bois pour s'élancer. Vers quoi ? Vers l'horizon ? Vers ce fameux lac ? Vers une carrière qui n'existait que dans mon esprit ? Je n'en sais rien, mais cela ressemblait à un rêve simple et abordable. Tellement simple et abordable qu'avec le succès, je l'ai oublié.

En début de soirée, Suzon et moi avons parcouru les ruelles de Dalt Vila Ibiza. Janvier est le mois le plus calme de l'année sur l'île. Les restaurants et les boutiques sont fermés. Il n'y a aucun touriste et les locaux en profitent pour partir en vacances. Le centre historique était désert quand nous l'avons arpenté, seulement accompagnés par la brise iodée et tiède de la Méditerranée qui humidifie les venelles, c'est très doux, c'est très mélancolique aussi. Tout ce que j'aime habituellement mais, ce soir-là, la mélancolie des *calles* vides s'ajoute à celle que j'ai toujours ressentie à la veille de la rentrée des classes. Suzon a prétendu m'accompagner pour vérifier le confort de ma *casita*, mais elle sait bien qu'après plusieurs mois à écrire des textes décevants, je suis angoissé à l'idée de m'y remettre. Oui, à ce moment-là je ne suis pas vraiment ce qu'on peut appeler un grand garçon. Alors elle est venue sous un faux prétexte, me tenir la main en quelque sorte, car elle a l'intelligence et la délicatesse de ne pas montrer ce genre de chose. Je dois la déposer à l'aéroport de Talamanca le lendemain matin à six heures et mon humeur me rappelle de mauvais souvenirs. Une envie de disparaître.

Car en plus du départ de ma femme pour trois longues semaines, je devais faire face, depuis quelques jours, à la perte d'une amie très proche. Une amie qui m'a accompagné à chaque instant de ma vie depuis l'âge de treize ans. Une amie que j'ai regardée disparaître et partir en fumée une dernière fois. Une camarade dont la perte m'a empêché de dormir pendant une semaine et m'enlevait toute volonté de me lever le matin. L'arrêt de la cigarette, dix jours auparavant, m'avait plongé dans un état proche de la déréliction et, avec le départ de ma femme, j'avais le sentiment terrifiant de me retrouver totalement nu.

J'ai bien conscience, en l'écrivant, de combien ce tableau du pauvre petit écrivain qui va se retrouver dans sa petite cabane à Ibiza et devant son petit écran d'ordinateur Apple, sans sa femme et sa petite cigarette, est pathétique. Moi-même, si je lisais ça sous la plume d'un autre, je ne pourrais pas m'empêcher de souffler, en me disant que, quand même, ce type abuse, que c'est une lavette, un artiste fragile, qu'il nous bassine avec ses états d'âme. Bah oui, c'est ce que j'étais à ce moment-là et cette prise de conscience me donnait envie d'allumer une cigarette pour calmer l'angoisse. Que suis-je venu faire là déjà ? Travailler, ah oui voilà. Je suis ici pour travailler. Tiens, je vais m'allumer une clope. Ah non, c'est vrai, j'avais oublié. Tout va bien.

S'il y a une activité que je n'ai connue qu'avec le tabac, c'est bien l'écriture. La fumée a toujours été pour moi indissociable de l'acte d'écrire. Et comme je suis brillant comme garçon, c'est au moment où je ne sais plus écrire que je décide de me séparer de ma fidèle associée. Je me suis dit, foutu pour foutu, tu as perdu ton gagne-pain, tu vas redevenir pauvre, autant l'être le plus longtemps possible. Profiter de ta pauvreté, en bonne santé, pour l'éternité. Youpi.

Au pied des murailles de la citadelle où nous dînons sur une charmante place très animée, je constate effaré que tout le monde fume. Les adolescents, les serveuses, les Allemands, les gros, les élégants, les bodybuildés, les tatouées, même les Scandinaves fument. Tout le monde fume et tout le monde ferme les yeux pour savourer de divines bouffées nicotinées. Le crépitement du tabac qui brûle et le bruit des glaçons, cette formule magique à portée de main. Une blonde angélique coince sa cigarette à la commissure de ses lèvres pulpeuses, ses yeux de biche brillent derrière la fumée bleutée et enveloppante. Les gens s'échangent des briquets, tendent leur paquet en direction d'amitiés immédiates. Des couples se forment sous mes yeux autour d'un paquet de Fortuna. C'est fabuleux. Cette place semble interdite aux non-fumeurs. Je suis très mal à l'aise. Qu'ai-je fait ? Pourquoi avoir abandonné cette panacée ? J'ai envie de crier : *Mais moi aussi, vous savez, je sais cracher de la fumée par le nez ! Oh, moi aussi, je fais partie du club. Aimez-moi, regardez-moi, j'ai beaucoup fumé vous savez, je suis comme vous. Comme je me déteste d'avoir arrêté. Pardonnez-moi, je n'arrêterai plus. J'arrête d'arrêter, c'est promis.*

– Olivier ? Tu vas bien ? Qu'est-ce qu'il se passe ? Tu grimaces.

– Non non, mon Suzon, tout va bien. Tout. Va. Bien. Tu as vu tous ces crétins qui fument. Ils me font de la peine, tiens. S'ils savaient comme je me sens bien. Libéré, serein, calme. Des bronches de premier communiant. J'ai l'éternité devant moi.

J'ai une grosse envie de casser la gueule à tous ces ignares qui ne savent pas à quel point je suis zen.

À l'aéroport de Talamanca, je regarde Suzon s'envoler sur son escalator puis disparaître derrière cette grande affiche éclairée des Baléares. Disparaître tout court.

De tous les métiers que j'ai exercés, quel est le plus pénible ? Sans aucun doute éboueur. Vider les poubelles d'un immeuble à six heures du matin, puis les pousser dans les petits couloirs des sous-sols dans une odeur de couche tiède et de banane pourrie, est une expérience épouvantable. Eh bien cela vous semblera peut-être idiot, mais les bras ballants, le regard vide au milieu de l'aéroport d'Ibiza, je me dis que ma situation n'a jamais été aussi désespérée. Ce n'est pas un refus d'obstacle, c'est une démission ; ce n'est plus la frousse, c'est une peur panique. Je caresse ma poche dans l'espoir d'y trouver un paquet de cigarettes. Même ça.

Je rêve secrètement de me perdre. La *casita* est à l'autre bout de l'île. L'adresse n'en est pas une, de simples coordonnées GPS. Il y a tout un tas de routes, de déviations, de virages, de pièges entre elle et moi. La vieille ville se détache à l'horizon, le lever du jour déploie ses couleurs les plus magiques, la citadelle semble en feu. C'est magnifique. J'aimerais tellement un désastre. La fin du monde, s'il vous plaît. J'aimerais réussir à me perdre et passer la journée à tourner en rond, à découvrir des criques secrètes, des *pueblos* mystérieux, des petites chapelles perdues dans la pampa, des bars typiques pleins de gens charmants où déguster de savoureuses petites tapas. Mais à chaque fois que je sors d'un rond-point, j'aperçois un panneau indiquant ce qui semble être le village le plus proche de ma petite maison : Sant Joan de Labritja. L'homme professionnel et responsable qui reste en moi se félicite, mais l'immense paresseux qui le domine se lamente. Pour une fois, je ne vais quand même pas faire semblant de me perdre, je suis seul, en tête-à-tête avec moi. Je ne vais pas inventer un subterfuge pour tromper ma propre attention. *Oh zut, je savais que je devais tourner, mais je ne l'ai pas fait.* Non, je me déteste suffisamment à ce moment-là, je ne peux pas aller plus loin. Je me dis aussi, en passant devant un Tobacco, que personne n'en saura rien si je craque, et si je fume une dizaine de clopes en chantant à tue-tête dans ma voiture, sur un air de Coldplay par exemple, et si par mégarde j'accélère malencontreusement à l'approche d'une falaise :

When you try your best, but you don't succeed
When you get what you want, but not what you need
When you feel so tired, but you can't sleep
Stuck in reverse

Plouf.

Mais non, mon clignotant est définitif et sans appel, je m'apprête à tourner dans le petit chemin escarpé qui mène à ma *casita*. Je perds la main, je ne suis même plus foutu de me perdre. Qui suis-je ? Quelles qualités me reste-t-il encore ?

Je n'ai plus trop le choix désormais. L'ordinateur est sur la petite table de l'unique pièce. J'allume une bougie. Je suis venu avec ma machine à café, j'écoute le broyage des grains, ça turbine sec là-dedans. Et si j'y glissais mes doigts ? Plus de doigts, plus de clavier. Plus de clavier, plus de texte. Plus de texte, plus de roman. Plus de roman, plus d'argent. Plus d'argent, plus de vie. Voilà un problème définitivement réglé.

Trouver sa voie

Selon des chercheurs de Harvard, nous passerions soixante pour cent de notre temps à parler de nous. Parler de soi stimulerait les mêmes zones du cerveau que la cocaïne, le sexe ou un bon plat. Parler de soi ferait du bien, serait agréable et motivant. Croyez-moi sur parole, au moment où j'écris ces lignes, je préférerais largement être en train de m'éclater au lit, de dévorer une entrecôte, de sniffer un rail de cocaïne, ou les trois en même temps. Seulement voilà, personne n'accepterait de me payer pour ça, et je le déplore. Au contraire, ces activités me coûteraient de l'argent, argent que j'ai la chance de gagner en inventant des vies imaginaires. Du moins jusqu'à maintenant. Car j'ai un problème. Un problème de taille : je n'ai plus d'imagination. Ou du moins, je n'ai plus la force d'avoir de l'imagination. Je ne comprends pas pourquoi, je ne sais pas comment cela est arrivé mais j'ai beau froncer les sourcils, serrer mes petits poings, rien ne vient.

Alors j'ai décidé de parler de moi. Ou plutôt d'écrire sur moi ce qui est plus prudent car, comme chacun sait, l'écriture offre le filtre des corrections. Si Harvard dit que ça fait du bien, je n'ai aucune raison d'en douter. Après tout Mark Zuckerberg, avec sa tête de canasson effrayé, en est diplômé et il a toujours su, mieux que tout le monde, ce qui est bon pour l'humanité.

Pendant longtemps, tout a été facile. Je me levais à quatre heures du matin, je faisais couler un café, je m'installais devant mon ordinateur, j'allumais ma musique et ma première cigarette. J'écrivais trois pages en fumant dix cigarettes et en buvant autant de cafés. J'allais ensuite prendre une douche avant de partir marcher dans les montagnes d'Espagne ou nager dans la Méditerranée. Et tandis que je marchais, que je nageais, je préparais les pages suivantes. Et le soir, dans mon lit, je fumais les dernières cigarettes en pensant aux premières phrases du lendemain matin. Le réveil sonnait, je me levais à quatre heures du matin, je faisais couler un café, je m'installais devant mon ordinateur, j'allumais ma musique et ma première cigarette. J'écrivais trois pages en fumant et ainsi de suite jusqu'au point final. Je fumais beaucoup de cigarettes et j'écrivais beaucoup de pages. Chaque soir, j'étais impatient de retrouver mon texte le lendemain matin, et chaque matin j'étais impatient d'allumer la cafetière, ma cigarette et de corriger le texte de la veille. J'étais très heureux comme ça.

J'ai écrit quatre romans grâce à ce rituel. Il s'agissait d'une formule magique et s'il y a bien une chose dont il ne faut pas changer dans la vie, c'est de formule magique. Il y a encore six mois, je pensais que j'allais écrire de cette manière toute ma vie, qui serait courte, plus courte que la moyenne, car je fumais beaucoup de cigarettes qui me permettaient d'écrire beaucoup de pages. Je cramais ma vie à la gagner et tout cela en valait la peine. Ma vie serait courte et intense, n'était-ce pas le lot des artistes absolus ?

Mais alors, que s'est-il passé ?

Il y a six mois, lorsque j'ai pensé qu'il était temps de me remettre au travail, j'avais l'idée de raconter l'histoire d'un frère et d'une sœur. D'une grande sœur et de son petit frère, plus précisément. Pourquoi ? Parce que j'ai deux sœurs et que je trouve nos relations fortes et intéressantes. Ceci dit, j'ai aussi deux frères et je trouve aussi nos relations fortes et intéressantes. C'est au moment où je me suis fait cette remarque que mon projet de roman a perdu de son attrait. Finalement, cette histoire n'était plus du tout originale et, avant même de m'asseoir pour l'écrire, j'avais perdu la foi. Néanmoins, et je ne sais pas si c'est une chance, je n'ai jamais souffert du syndrome de la page blanche. Ma page ne reste jamais blanche. Dès que je me lève, je noircis des pages entières. Mon problème, c'est plutôt le syndrome de la page médiocre. Qu'est-ce qui est préférable, ne pas avancer ou avancer pour rien ? Je n'ai pas d'avis tranché sur la question, tout ce que je sais, c'est que j'ai écrit une vingtaine de pages de cette histoire de grande sœur et que chaque matin, à quatre heures, en retrouvant mon texte, j'étais consterné.

Je soufflais, je m'allumais une cigarette, je relisais, je riais de la médiocrité de mon texte, puis j'écrivais de nouvelles phrases grotesques en allumant de nombreuses autres cigarettes, ma page se remplissait, mon cendrier aussi, mes poumons pourrissaient, ma tête s'embrumait et je terminais ma journée de travail vers sept heures et demie du matin dans un état physique et moral calamiteux. Pour les romans précédents, je comptais le nombre de mots, je calculais le nombre de pages et je constatais dans le fond du cendrier le nombre de mégots cramés. Cette fois-ci, je comptais le nombre de mégots et je constatais le nombre de phrases cramées, le nombre d'années de vie évaporées pour un résultat aussi affligeant. J'allais crever et ce texte, cette bouse, serait mon testament.

Toute la journée, je pensais à ces quelques paragraphes lamentables qui m'attendaient dans mon ordinateur. J'y pensais tellement que le soir, dans mon lit, je ne parvenais plus à trouver le sommeil. Ils venaient me menacer jusque sous ma couette. Je tentais de leur échapper en plongeant ma tête sous l'oreiller, en gigotant des jambes, en vain. Alors j'essayais de m'accrocher à une phrase, un ensemble de mots qui me semblait moins désastreux que le reste. Une phrase convenable qui servirait de base à la reconquête de mon texte. Et quand je l'avais trouvée, je la répétais en boucle pour me rassurer. Oui, me disais-je à deux heures du matin, il m'arrive encore de trouver une bonne formule, de mettre les bons mots dans le bon ordre. Bingo. Mais je me la répétais tellement pour me rassurer qu'à trois heures, elle me sortait par les yeux. Elle devenait la pire phrase de ma courte carrière, ne pouvais-je que déplorer en m'apercevant qu'il ne me restait qu'une heure de sommeil avant la sonnerie du réveil.

Génial ! je n'ai pas dormi et je ne sais plus écrire, voilà ce que je m'écriais en décidant tout de même de me lever pour continuer mon triste massacre.

Je suis pourtant de nature assez joyeuse, je sais apprécier le comique de certaines situations et lorsqu'il m'arrive des choses contrariantes, ma première réaction est d'en rire. C'est le cas par exemple avec mon sens de l'orientation déplorable : dans un premier temps ça m'amuse. C'est-à-dire que je peux rire à gorge déployée, seul dans mon automobile, de ma somptueuse nullité, de mon incapacité à retrouver mon chemin. Mais si la plaisanterie s'éternise, ce qui arrive une fois sur deux, je peux passer du rire aux larmes de colère, puis aux larmes de désespoir.

Prenons un exemple précis, faisons un détour par Valence, en Espagne. Le 25 août 2019, je venais de déposer Suzon dans le centre-ville où elle devait retrouver son meilleur ami. Quand je commence un roman, mon épouse a la gentillesse de me laisser seul une vingtaine de jours afin que je lance la machine, que j'écrive les pages fondatrices pour me rassurer, pour être certain que je tiens quelque chose de solide. Bref, je la dépose devant son hôtel et je file dans les rues de Valence, je file vers ma mission suprême, mon grand projet. Je lance mon automobile en direction d'Altea, petite ville blanche et antique qui surplombe la mer, à une heure et demie de route de Valence. À chaque fois, je ressens un grand vertige devant la solitude studieuse qui s'annonce, un immense sentiment de liberté, tout est à faire, tout est à écrire, des frissons de mégalomanie, le début d'une grande aventure. C'est traversé par toutes ces émotions nobles et contradictoires, transfiguré par la supériorité de ma mission que je pile à un feu rouge.

Devant la voiture, sur le passage clouté, s'agite un ménestrel des temps modernes qui jongle avec des oranges et des pamplemousses. Habituellement, ce genre de punk à chien m'exaspère, mais je suis dans un bon jour : finalement ai-je pensé, ce jongleur d'agrumes est un artiste, comme moi. C'est un marginal, comme je l'ai été. Je jongle avec les mots, il jongle avec des clémentines. Une communion d'esprit unilatérale s'est opérée. Nous étions tous deux de la même race, sauf que moi j'avais eu du succès. J'étais dans une grosse automobile et lui sur un passage clouté, la chance ne lui avait pas souri et ne lui sourirait sans doute jamais. Personne ne fait fortune en jonglant avec des fruits, alors qu'avec des mots, si. Je décide de l'aider, de manière égoïste, comme un clin d'œil que j'adresserais à l'artiste raté que j'ai longtemps été et que j'ai toujours peur de redevenir. Son spectacle ne dure pas longtemps, le temps d'un feu rouge il doit jongler et tendre sa sébile aux gens qui attendent. Je suis en première ligne, il s'approche de ma fenêtre avec son petit chapeau rigolo. Je lui file une cigarette et un billet de cinq euros. Il siffle de satisfaction et me lance un *hasta luego* retentissant que, je ne sais pas pourquoi, je prends comme une menace. Nous ne nous reverrons jamais mon pote, ai-je ricané, en m'envolant dans un vrombissement splendide vers ma mission supérieure.

Les boulevards périphériques de Valence sont comme tous les boulevards périphériques du monde, moches, monotones, interchangeables. Je roule sans trouver le panneau indiquant la terre promise. Je le cherche partout sans le voir et lorsque je l'aperçois, je suis déjà engagé sur une autre voie. Je ris, je m'esclaffe, je suis une tête de linotte tout de même. Je m'allume une cigarette, je chantonne, la vie m'offre une de ses facéties, je l'accepte bien volontiers. De toute manière j'ai déposé ma femme, j'ai vingt jours de solitude devant moi, rien ne presse. Ah tiens, le voilà de nouveau ce panneau, je viens encore de le rater. Olivier, voyons, fais attention. C'est à ce moment-là que je me mets à parler tout seul, à prononcer la première phrase d'un monologue qui va durer vingt jours. Je consulte l'horloge du tableau de bord et, ma foi, ça fait quand même quarante-cinq minutes que je roule autour de Valence. Sympa, mais comme je l'ai dit, esthétiquement ce n'est pas la partie de la ville la plus intéressante. C'est au moment où je décide de me concentrer davantage que je pile devant un feu rouge, au niveau duquel un ménestrel jongle avec des fruits.

Ma bonne humeur, qui commençait déjà à s'effriter, atteint son point de rupture. Je fulmine, j'allume une autre cigarette. J'avais eu raison de prendre son *hasta luego* pour une menace. Je ne me trouve plus aucun point commun avec ce vagabond, j'ai même une furieuse envie de l'écraser. Il s'approche et, à défaut d'autre chose, je lui offre mon plus beau sourire. Il me tend son chapeau crasseux, et je réalise qu'il a oublié qu'une heure plus tôt je m'étais fendu d'un geste que je considérais comme assez sympathique. À cette époque déjà lointaine, la vie me souriait et je voulais partager ce sourire avec tout le monde. Il n'en est plus question. Piteux, je hausse les épaules en affectant le chagrin de n'avoir rien de plus à offrir que mes dents bien alignées. Je vois du mépris dans son regard. Il considère ma belle auto – je sens bien qu'il pense que je suis la pire des merdes de l'univers – puis il porte deux doigts à ses lèvres. Je comprends qu'il veut une cigarette. Immonde petit parasite, me dis-je. J'ai envie de lui écraser son pamplemousse sur le front mais je lui offre une cigarette pour la seconde fois de la journée, geste auquel il répond par l'offrande d'un sourire forcé. Par quel tour de magie, quelle sorcellerie, me suis-je retrouvé dans la position du mendiant qui quémande un merci ? Ce type est un magicien ; il me rackette pour la deuxième fois et c'est moi qui me sens pouilleux.

Malgré la chaleur, je referme ma vitre, monte le volume de la musique. Je ne veux surtout pas entendre son *hasta luego* à nouveau. Je démarre en trombe lorsque le feu passe au vert. Je m'élance sur ce boulevard périphérique qui semble être désormais le chemin de ma vie, mon manège enchanté. Le voilà mon destin, rouler jusqu'à la fin de mes jours sur cet horrible boulevard sans âme. Certains restent bien bloqués à vie dans des aéroports et ça donne de très bons films, peut-être que ça pourrait donner un bon roman ? Enfin, je ne pense pas du tout à ma carrière à ce moment-là. Je ne ris plus, ni ne m'esclaffe. Je hurle, je tape sur le volant. Voilà une heure et quart que j'ai déposé ma femme devant son hôtel, je devrais pousser la porte de mon appartement à Altea en sifflotant *La Vie en rose*, et en pensant à ces délicieuses côtelettes d'agneau qui m'attendent pour le dîner. Au lieu de ça, je ne sais par quel miracle j'ai quitté le boulevard de la mort, mais je me retrouve dans le centre de Valence. J'ai épuisé toutes les insultes du monde, je divague, je pousse des petits cris mêlés à des rires délirants. Je décide de me garer et de téléphoner à Suzon. Elle me connaît, elle me comprendra, me calmera, me guidera. J'aurais dû faire ça bien plus tôt. De sa voix douce, elle me demande le nom de la rue où je suis arrêté. Je cherche, je trouve. Ce nom me dit quelque chose, ce qui est étrange car je ne connais pas du tout les rues de Valence.

Tous les jours, il doit y avoir un flux incroyable de gens qui sortent et qui entrent dans cette grande et belle ville de 800 000 habitants. C'est à la portée de tout le monde. En revanche, qui peut se vanter de rouler à l'aveugle dans Valence pendant une heure et demie pour se retrouver à l'endroit précis de son départ ? Peu de monde j'imagine. Peu de monde je l'espère. Je suis un aristocrate de l'orientation.

Vous vous demandez sans doute pourquoi je vous ai raconté cette histoire. Eh bien parce que cette anecdote du boulevard de la mort est la métaphore parfaite de mes derniers mois d'écriture. Je me suis toujours efforcé au cours de ma vie de transformer les petits tracas de l'existence en grande farce. Tenter de faire sourire les gens, plutôt que de les apitoyer. J'ai ainsi commencé par rire de mon état, de la médiocrité de mon texte, de la durée de mes nuits. Je me suis dit pendant quelques semaines que la vie m'envoyait encore une de ses facéties. Ce à quoi je lui répondais que j'avais le temps, que rien ne pressait. Puis j'ai commencé à me lasser de ces pages minables, monotones, interchangeables, de ce réveil qui sonnait à quatre heures du matin alors que je ne dormais pas encore. Et au bout de cinq mois, j'ai constaté que je me trouvais à l'endroit même d'où je m'étais élancé. Que tous ces rires, ces phrases, ces nuits blanches, ces cafés noirs, ces virgules, ces cigarettes, ces cris, ces majuscules n'avaient servi à rien. À rien.

Sinon, dans la vie, tout va bien.

Se libérer des mauvaises pensées

«J'ai été, dans l'ensemble, considérablement découragé par mes jours d'école. Ce n'était pas agréable de se sentir complètement dépassé et de devoir abandonner dès le début de la compétition.» Winston Churchill

Schadenfreude. Joie mauvaise en allemand. Se réjouir du malheur des autres. Allez savoir pourquoi, j'avais toujours cette étrange réaction germanique en constatant que le livre «*sans doute le plus personnel*» d'un écrivain était un fiasco commercial. Hum hum, murmurais-je, personne n'en a rien à foutre de ta vie mon pauvre vieux. Ça ne me rendait pas heureux, il ne faut pas exagérer, mais disons que ça me rendait presque guilleret, avec cette petite envie de siffler comme un merle, de sautiller même. Tout le monde s'en cogne de sa vie et c'est très bien comme ça.

Et aujourd'hui, je vais la payer cette Schadenfreude car, voyez-vous, j'entame *sans doute mon livre le plus personnel.*

Alors pourquoi l'écrire? Pourquoi m'imposer ça? Je tourne autour de cette question chaque seconde depuis que je ne sais plus écrire. J'écris pour trouver une réponse? Ce n'est pas suffisant. J'écris car j'en ai besoin pour vivre? Non, je n'ai jamais eu besoin d'écrire pour vivre. Pour gagner ma vie oui, pour vivre non. Ce n'est pas un besoin viscéral pour moi. Si j'étais rentier, je n'écrirais pas une ligne, pas une. J'ai cette capacité incroyable à laisser filer les jours sans rien faire. Je pourrais être touriste à vie. Marcher, regarder, lire, manger, dormir. Un touriste, voilà ce que j'ai toujours été. Un touriste et un parasite. Le type qui apparaît sur une carte postale avec un bob, un bermuda, un t-shirt moche avec un slogan idiot, et qui ne comprend rien à la carte routière qu'il est en train de consulter à l'envers. Ou encore le type cramé qui lit sur un transat. Parce que la lecture, oui, voilà le truc viscéral pour moi. J'ai lu, je lis, je lirai toute ma vie. Car pendant ma jeunesse je n'ai eu que ça pour vivre. Les livres.

Déjà, c'est un peu mieux. Je tiens une piste: si j'écris, c'est avant tout parce que je n'ai eu que la lecture pour passer les quinze années les plus critiques de ma vie, de cinq à vingt ans, de la fin de la petite enfance à l'entrée dans l'âge adulte.

Vous devez vous demander pourquoi je n'y ai pas pensé plus tôt. Évidemment, je le sais depuis longtemps. C'est une astuce d'écrivain. Vous faire croire que nous cheminons ensemble. Vous associer à mon introspection tout ça, tout ça. C'est un peu grossier, j'en conviens, mais ça me fait du bien. C'est toujours important de l'écrire. Voilà, ça va mieux en l'écrivant. L'idée passe de claire à limpide et de limpide à indiscutable. Si je n'avais pas eu la lecture, j'aurais certainement réalisé ce rêve qui m'a taraudé en permanence durant ces quinze années. Celui d'ouvrir la fenêtre et de sauter.

Je suis gaucher, dyslexique et légèrement sourd. Je ne dis pas ça pour me plaindre. Je me fous d'être gaucher, je dois beaucoup à ma dyslexie et ne pas tout entendre ne m'a jamais dérangé, ça emmerde les autres, pas moi. Ces trois éléments sont peut-être aussi à l'origine de ma présence aujourd'hui, ce 16 janvier 2023, à Bénirrás, au nord de l'île Ibiza.

Une mise en situation s'impose :

Vous n'entendez que la moitié de ce qu'on vous dit. Vous ne comprenez que la moitié de ce qu'on vous demande. Vous ne parvenez à faire que la moitié de ce que font les autres. Vous n'êtes donc qu'une moitié de personne. Sans télévision à la maison, vous ne connaissez aucun des sujets de conversation qui animent la cour de récréation. Votre père déteste France Inter et pourtant il écoute France Inter toute la journée. Vous entendez donc

France Inter, et votre père gueuler sur France Inter. Gueuler qu'il déteste Mitterrand, il en parle tellement que vous êtes persuadé que c'est un de ses employés, que ce Mitterrand travaille pour lui. Et vous en venez à vous demander pourquoi, si ce Mitterrand fait tant de conneries à longueur de journée, votre père ne le vire pas à grands coups de pied au cul. Les autres élèves regardent Dorothée, ou je ne sais quelles japoniaiseries, et vous, vous ne pouvez parler que de Mitterrand. Les ponts de conversation n'existent pas, ni en cours, ni dans la cour. Alors vous vous demandez : combien de temps ça va durer, ces âneries ?

Je me souviens que je commençais chaque journée d'école avec un terrible désir de bien faire. Pourtant cette envie se transformait assez rapidement en incapacité totale à réussir quoi que ce soit. Je voyais ma voisine colorier ses bonshommes, s'appliquer sur ses découpages et ses collages et je regardais, effaré, l'immondice que j'avais sous les yeux. Pas même fichu de colorier des petits trucs, de découper des petits trucs, de coller des petits trucs. Incapable d'effectuer le moindre petit truc. À l'ouverture de mon cahier, un pâté de colle empêchait de découvrir mon bonhomme froissé et gribouillé. Sniff, sniff.

J'étais tellement concentré sur l'idée de me concentrer que je n'étais absolument pas concentré.

C'est très triste tout ça mais on peut très bien vivre sans réussir un coloriage. Il est bien plus difficile de vivre quand on ne comprend rien à rien.

C'est là qu'intervient ce haut meuble en bois peint en vert, un vert moche, qui couvre un très grand pan du mur. Il s'agit de la bibliothèque du salon de l'appartement familial sur laquelle reposent des tonnes de livres. Les bandes dessinées sont en bas. Il y en a beaucoup. Astérix et Obélix, Lucky Luke, Achille Talon, Gaston Lagaffe, Tintin, les Tuniques bleues, Spirou et Fantasio, Alix, Le Scrameustache, Yakari et plein d'autres. C'est donc tout naturellement par les BD que je suis venu à la lecture. Les autres regardaient Jacques Martin et son école des crétins et moi je lisais *Alix l'intrépide*, la bande dessinée de son homonyme. Le voilà, à mon sens, l'avantage qualitatif. Aucun doute là-dessus, on sort beaucoup moins con d'une heure avec Alix que d'une heure devant la télé. La bande dessinée m'offrait l'avantage des images sans que ma surdité soit un inconvénient. J'avais trouvé le seul divertissement que je pouvais comprendre sans problème. J'ai ouvert une bande dessinée, ça a marché et je n'ai plus fait que ça. C'est un peu, finalement, le même mécanisme que lorsqu'on découvre la masturbation. C'est simple, l'outil est disponible, ça marche à chaque fois, c'est agréable, bon eh bien je vais le faire toute la journée. Ce n'est pas le fruit d'une réflexion, c'est instinctif.

Lire. Que ça à faire.

Connaître ses points forts

Paysage d'hiver à Ibiza. Une petite chaise en osier fatigué, posée sur un chemin de terre, tournée en direction du soleil. Pas de bureau. Du vert partout. Mon ordinateur sur les genoux. Rien d'autre.

Trouver l'endroit idéal pour écrire un nouveau livre. Prendre le temps de le chercher, même s'il s'agit souvent d'un moyen pour retarder le moment où je vais me mettre à travailler.

La peur et la paresse sont les deux premiers sentiments qui accompagnent mes sessions d'écriture. Chaque matin, j'ai la frousse et j'ai la flemme.

Il y a une quinzaine d'années, je mettais les gens mal à l'aise lorsque, dans les soirées, j'annonçais que j'avais un roman en tête qui ne demandait qu'à être couché sur le papier. Je disais : voilà deux ans que je pense à ce texte, j'ai tout, j'ai la première phrase et la dernière. Il ne me manque qu'un endroit pour m'y mettre. Vous verrez, disais-je en avalant un immonde shooter de vodka au caramel, il fera au moins cinq cents pages. *Unconfortable* comme disent les Anglo-Saxons. Non seulement je mettais les gens mal à l'aise, mais surtout ceux qui m'aimaient m'en voulaient de me ridiculiser comme ça. Mes déclarations grotesques froissaient l'amitié qu'ils avaient pour moi. Je m'entêtais à gâcher un peu leur soirée. Mes déclarations ressemblaient à des provocations, des délires de fanfaron.

Ils savaient très bien que j'étais incapable de mettre le couvert pour six personnes sans oublier une fourchette, une chaise, une serviette ou même un convive. Ils avaient constaté que je pouvais passer huit mois sur la rédaction d'un CV et qu'après cette éternité celui-ci était à peine ébauché et parfaitement fantaisiste. Alors cinq cents pages en tête, qui ne demandent qu'un écrin pour sortir miraculeusement ? Tous ces mots, ces phrases, cette ponctuation, ces chapitres. Bien sûr mon ami, bien sûr. Tiens, bois ça et change de sujet s'il te plaît.

Il y a plus de larmes versées sur les prières exaucées que sur celles qui ne le sont pas. C'est une de mes citations favorites. Elle est attribuée à Sainte Thérèse d'Avila. La première fois que je l'ai lue, elle m'a semblé un peu cryptique. En quoi réaliser un rêve peut-il rendre malheureux ? C'est pourtant bien ce qu'annonce cette sentence. Exaucez votre prière, réalisez votre rêve, accomplissez votre fantasme et vous allez pleurer toutes les larmes de votre corps. Reconnaissons-le, tout ça n'est pas très *développement personnel.* Si un gourou du bien-être recommandait de tracer son chemin, de suivre sa route, de poursuivre son destin pour finir comme une merde dans un océan de larmes, il n'aurait pas une grande carrière, pas beaucoup d'adeptes, ne vendrait aucun livre. Et finalement, il mourrait seul, noyé lui-même dans un océan de larmes. *Namasté.*

J'ai trop bien compris le sens de cet aphorisme le jour où Antoine, le mari de ma cousine, a eu l'ignoble générosité de me proposer la propriété de ses parents, en Vendée, pour aller écrire le chef-d'œuvre que je menaçais de commettre à chaque ivresse. Comment a-t-il pu oser me tendre un tel traquenard ? Qu'avais-je fait, alors que je venais tout juste de le rencontrer, pour mériter un tel traitement ? L'apéritif venait à peine de commencer. Je n'avais pas encore eu le temps de me montrer odieux, cynique, menaçant, violent, *unconfortable.* Je n'avais pas encore déployé l'éventail de mes innombrables qualités.

Je fumais mes propres cigarettes et buvais le vin blanc que j'avais apporté. J'étais, pourrait-on dire, autonome, le parasite qui ne manquerait pas d'apparaître se trouvait encore tapi dans l'ombre d'un cendrier prêt à déborder.

Alors quoi ?

Depuis deux ans je réclamais un cagibi dans un grenier pour écrire la Bible, et alors qu'Antoine m'offrait une grande propriété en Vendée, je ne me sentais même plus capable de noircir un post-it. J'étais coincé, je n'ai pu qu'accepter lorsqu'il a laissé cliqueter le trousseau de clefs sous mon nez.

C'était horrible.

J'allais être obligé de faire ce que je rêvais de faire.

Et c'était la définition de l'enfer.

Voici pourquoi un soir de novembre, au volant de ma voiture, sur les petites routes vendéennes, alors que je cherchais, sans succès, la direction de la divine bâtisse où j'allais passer les quinze premiers jours d'écriture et de solitude de ma vie, j'ai failli verser quelques larmes sur ma prière exaucée.

Dès le premier matin, en fumant ma cinquième cigarette avec mon troisième café dans l'humidité de cette grande et vieille maison pas encore chauffée, je me suis de nouveau posé cette question essentielle : où et comment écrire ?

Une chaise, c'est évident. Une table, c'est la moindre

des choses. Une vue ? Là, j'étais assez partagé. Il existe beaucoup de photos d'écrivains à *vue*, c'est-à-dire d'écrivains qui posent à leur bureau devant une fenêtre, derrière laquelle il y a une vue. Pour les auteurs qui ont mes faveurs, c'est-à-dire ceux qui sont morts au siècle dernier, il y a toujours là un paquet de cigarettes, parfois une pipe, un briquet et un cendrier d'où s'échappe un élégant filet de fumée bleuté. Une vue et de la fumée.

Mais il existe aussi des écrivains à *mur*. Le même bureau mais devant un mur, et là encore avec de la fumée. La fumée est définitivement un classique de l'écrivain mort au siècle dernier. Dans ce domaine, j'étais vraiment au point, j'avais déjà tout de l'écrivain mort au siècle dernier. C'était un bon début. Il me fallait maintenant régler le problème de la vue ou du mur.

Cela peut vous paraître idiot, mais j'ai passé les cinq premiers jours à chercher le meilleur endroit pour écrire. J'avais mis la main sur une petite table en bois, que j'ai posée devant toutes les fenêtres de la maison, que j'ai installée devant tous les murs. Je me suis promené le plus sérieusement du monde avec cette table en pensant que son emplacement allait déclencher le génie. Je l'ai même placée au centre de chaque grande pièce. Très mauvaise idée le centre des pièces. Le centre, de manière générale, n'est jamais une bonne idée. Le centre n'est même pas une idée. Bref, il se dégage de cet emplacement une sorte d'inconfort et, même si le mot est fort, d'insécurité. Il s'agit peut-être d'ailleurs du seul cas de figure où l'expression *un sentiment d'insécurité* est justifiée. Je pouvais au moins exclure cette option, et ce faisant j'avais eu le sentiment de me transformer en homme d'action. Je décidais, je tranchais, j'exécutais, j'étais devenu un homme comme ça. Je changeais, je grandissais, je mûrissais. Tant de changements en si peu de temps. Je m'impressionnais un peu aussi.

Je posai finalement la table devant une fenêtre. Ajouter un paysage visuel ne pouvait pas faire de mal au paysage mental que j'étais certain d'avoir dessiné maintes fois depuis deux ans. Je serai donc un écrivain à *vue*.

Je découvrais ce qu'était la solitude au long cours. Il me fallait apprivoiser le temps et le silence. Une première pour moi. J'ai toujours parlé tout seul. Il paraît que c'est un signe d'intelligence, même si c'est très *unconfortable* quand on le fait dans la rue ou dans un magasin. On a même toutes les chances de vous prendre pour un imbécile ou pour un fou. Mais cela devient réconfortant, par exemple, quand on est perdu en Vendée. J'ai réalisé au cours de ce séjour que je passais mes journées à me traiter d'idiot, de crétin, d'abruti, de merde. Pas très *Namasté* comme démarche. Je connaissais depuis longtemps mon penchant à l'autocélébration mais celle-ci résonnait différemment dans les couloirs de cette maison où « Idiot ! » me revenait aux oreilles avec de l'écho. Au bout d'une petite semaine, il m'arrivait de me retourner pour chasser ce petit démon maléfique qui me suivait toute la journée en m'insultant. Le vicieux savait se cacher. Alors je contrebalançais en chantant mes louanges, qui ne reposaient sur rien de concret.

C'était un peu mon problème. Je n'avais rien fait de positivement remarquable et j'en étais tout à fait conscient. Mon bilan n'était pas famélique, il était inexistant. Je n'avais rien réalisé de toute mon existence. En trente ans. Un tiers d'une vie normale à n'avoir rien fait. Si j'étais mort à cette période-là, la personne en charge de mon éloge funèbre aurait eu toutes les peines du monde à tenir plus d'une minute. Elle aurait peut-être opté pour une description physique. J'avais un corps au moins. Olivier n'était pas très grand, il avait les yeux bleus, ça c'est vrai, il avait de beaux yeux bleus qui viraient au gris parfois, un peu à l'unisson du ciel d'aujourd'hui et peut-être de nos âmes aussi. Blablabla. Il avait beaucoup de cheveux, alors ça on ne peut pas dire le contraire, il était très fourni dans le domaine du capillaire. Il aurait pu les laver plus souvent, mais bon c'est trop tard maintenant. Enfin, il nous manquera certainement. Un jour ou l'autre. Amen.

Quoi qu'il en soit, le temps passait gentiment et, à l'instar de ma vie, déjà un tiers de mon séjour d'écriture s'était écoulé sans que je n'aie écrit une seule ligne. Les compliments que je m'adressais à haute voix étaient encore plus insultants que les ordures dont je me couvrais le reste du temps. T'es un génie, criais-je devant le feu de cheminée, en épluchant mes châtaignes trop cuites. Un génie, répétais-je en m'enfonçant dans mon fauteuil. Un génie, susurrais-je en étouffant un sanglot. Un génie, rotais-je en terminant mes pâtes au thon et aux oignons. Bonne nuit génie, me murmurais-je à l'oreille avant de sombrer dans un sommeil lourd et immérité.

Il était temps de me demander pourquoi et comment m'était venu ce projet d'écriture à la con. Au huitième jour, j'avais une table, une chaise, une vue mais je ne m'étais toujours pas mis au travail. Mon ordinateur ne m'avait servi qu'à regarder des films et à écouter de la musique. J'avais fumé toute ma cartouche de Marlboro sans avoir écrit le début d'un mot. Pourtant, je l'ai dit, j'avais déjà en tête la première et la dernière phrase de mon roman. Tout aurait dû être simple : m'asseoir, ouvrir mon ordinateur, souffler comme un magicien sur le bout de mes doigts et rédiger cette première phrase, qui, dans un mouvement que j'imaginais naturel et fiévreux, allait entraîner les suivantes jusqu'à la dernière. Oui, cela aurait dû être simple. Surtout pour un génie.

Croire aux bienfaits de la vérité

À genoux, les mains derrière le dos.

La voilà, la première phrase de mon premier manuscrit. Celle que j'avais en tête depuis des mois, des années.

Cette fois, je ne pouvais plus reculer. Après dix jours passés dans cette maison que l'on m'avait prêtée pour deux semaines, il ne m'en restait plus que cinq pour écrire mon chef-d'œuvre de cinq cents pages. J'avais sept mots, un bon début. Restait à avoir une idée précise de ce que j'allais inventer après une telle entrée en matière.

J'ai donc commencé à écrire à toute berzingue, ce n'était pas dix jours d'attente que j'avais au bout des doigts, c'était bien plus que ça. Ma maîtrise du clavier n'était pas suffisante pour transcrire mon texte sur la page comme il se présentait dans mon esprit. Il débordait, il était souligné en vert, souligné en rouge, chaque mot était une tache et chaque tache m'empêchait de taper d'autres mots. J'avais le sentiment d'étouffer au moment même où j'étais censé commencer à respirer. La médiocrité de mes phrases était pointée à chaque syllabe par Microsoft Word, à l'époque ce logiciel se contentait de nous faire la leçon plutôt que la morale.

À la fin de la première journée d'écriture de ma vie, je constatai, dépité, qu'il n'était finalement pas absurde de savoir écrire avant de se mettre à écrire. Enfin, j'avais tout de même devant les yeux un texte de six pages, ou plutôt un merdier multicolore de six pages, et d'après ce que j'arrivais à déchiffrer, ça correspondait plus ou moins à ce que j'avais en tête. La forme était lamentable mais le fond me semblait convenable.

Quand je parle de première journée d'écriture de ma vie, c'est un petit mensonge. J'avais déjà eu l'occasion de m'asseoir à une table pour raconer une histoire, et même si la première tentative dont je me souvienne a été très différente de celle-ci dans son intention, sa réalisation et son résultat, elle a commencé à façonner l'écrivain qui est aujourd'hui devant son écran et, si je puis dire, devant vous.

Monsieur Fleury, professeur de français en sixième, nous avait demandé une rédaction pour relater nos vacances d'été et je ne comprends toujours pas pourquoi j'ai pris cette mission tellement à cœur.

L'entrée en sixième avait été un désastre pour moi. Je ne comprenais absolument rien aux changements de classes toutes les heures, aux changements d'emploi du temps d'une semaine sur l'autre, tant et si bien que je n'arrivais jamais dans la bonne salle à la bonne heure, que je me présentais souvent avec ma tenue de sport en biologie et avec ma blouse en cours de gymnastique. J'ai le souvenir d'avoir passé mon année à ouvrir les mauvaises portes, d'avoir toujours les mains moites et de m'asseoir tellement honteux que ce sentiment accablant ne commençait à se dissiper que vers la fin du cours, au moment où le jeu de piste reprenait dans ces bâtiments immenses aux couloirs interminables. Cette chasse au trésor durait toute la semaine, et elle était si épuisante qu'une fois assis en classe je n'avais plus d'énergie pour écouter quoi que ce soit. Je me reposais et reprenais des forces pour la mission suivante et ainsi de suite jusqu'au vendredi soir. Je terminais si fatigué que je n'avais même pas la force de réaliser que je n'avais rien appris du tout. La sixième fut pour moi la première année d'un stage commando qui dura très longtemps, puisque j'ai connu le luxe d'en faire deux, suivies de deux cinquièmes et ainsi de suite jusqu'à ce que mort scolaire s'ensuive.

Mais revenons à ma rédaction, aux vacances d'été qui avaient précédé mon entrée au collège, et donc à mon grand-père maternel avec qui je les avais passées. Il n'avait rien d'un hippie, malgré sa grande mèche folle et indisciplinée, c'était un homme d'esprit, de vitesse et d'ordre. Pourtant, sa femme et lui louaient chaque été un chalet dans les Alpes, un chalet haut perché, sans eau ni électricité, pour des vacances en famille.

Nous nous retrouvions pendant deux semaines à vivre à la chandelle, à puiser l'eau à la source, à la faire chauffer au soleil toute la journée dans des cubis noirs, pour pouvoir, le soir venu, prendre des douches tièdes dans une cabane en bois. Nous dormions à dix dans une grange qui sentait la grange. La chambre de nos grands-parents et la petite pièce de vie étaient séparées par une grosse trappe en bois. Nous allions chercher le lait à la ferme des Gontaret, ce lait épais et goûtu (cet idiot de Microsoft Word ne connaît pas le mot goûtu) qui me donnait chaque matin le sentiment d'avaler un camembert chocolaté. Mon petit frère trayait les chèvres, ma petite sœur aidait à faucher, et moi je les regardais travailler car c'est là ma plus grande qualité.

Un peu plus bas dans la vallée, le vieil Ulysse prenait son petit-déjeuner au cul des vaches, assis sur un tabouret en bois à un seul pied accroché à son derrière par une sangle et qui était, toute la sainte journée, le prolongement naturel de son bassin. Il parlait un patois étrange, scandé à travers une dentition aléatoire et un immense sourire qui faisait plaisir à voir.

Chaque été, sœur Maria-Rita venait du nord de l'Italie pour garder la chapelle des Vernettes, qui se trouvait à cinq minutes de marche au-dessus du chalet, et dont l'intérieur baroque, richement coloré, était à couper le souffle, tout comme l'était le chemin qui menait à l'édifice.

Lors de grandes randonnées sur le massif de Bellecôte, nous croisions parfois des transhumances. Arrivés dans des lieux-dits improbables, nous mangions nos salades en regardant les chèvres lécher les murs et les vaches mettre bas.

Nous campions là comme des beatniks. Avec le recul, j'ai un peu l'impression d'avoir vécu le futur fantasmé d'un conseiller municipal Europe Écologie - Les Verts. Nous faisions *l'en-commun* avec la nature comme disent ces gens rigolos. Et ma foi, si c'est aujourd'hui un projet politique déroutant, c'était à l'époque un projet de vacances parfaitement sympathique.

À ce moment du récit de mes séjours montagnards, si vous trouvez que ce prénom, Ulysse, est trop beau pour être vrai, que son histoire de tabouret est tarabiscotée, que cette bonne sœur, cette Maria-Rita qui vient tous les étés garder ce sanctuaire marial, petit bijou d'art baroque savoyard, ne sont pas crédibles pour un sou, eh bien vous raisonnez comme Monsieur Fleury. Et je suis désolé pour vous car ce n'est que le début.

Quand vous êtes écrivain, vous rencontrez deux genres d'individus. Ceux qui pensent, avec beaucoup de modestie, qu'ils seront certainement les sujets de votre prochain roman. Et puis il y a ceux qui, en apprenant que vous écrivez, vous disent spontanément, en présentant le plat de leur grande main dans votre direction : surtout, tu ne parles pas de moi. C'était le cas de mon grand-père. Sauf que lorsqu'il m'a dit ça, j'avais déjà parlé de lui dans cette rédaction, vingt ans auparavant. C'était trop tard. Il est mort désormais et je suis heureux de lui désobéir à nouveau, pour le seul plaisir d'écrire qu'il était *un homme d'esprit, de vitesse et d'ordre*.

En dehors des vacances d'été, mon grand-père vivait en Provence, au Paradou, dans une maison parfaitement banale puisqu'elle avait l'eau courante et l'électricité. Il habitait la partie centrale d'un beau et grand mas. La partie de droite était occupée par deux frères qui parlaient un provençal qu'on pourrait qualifier de rocailleux, c'est-à-dire qu'avec mes problèmes d'audition, je n'ai jamais rien compris de ce qu'ils me disaient, pas un mot, en plusieurs années, jamais. Dans la partie gauche du mas vivait une famille, les Ricaud. Un père maçon, une mère charmante mais qui me traitait parfois de nigaud ou de couillon, et deux fils. Le plus jeune s'appelle Gilles. Par curiosité, je viens de chercher son nom sur Internet et il est là. Gilles est devenu menuisier. C'est bien lui. Mais à l'époque, alors qu'il avait comme moi 13 ans, il avait des moutons. Ce n'était pas le bétail de ses parents, ces bêtes lui appartenaient. Mon frère et moi avions sympathisé avec Gilles, à telle enseigne qu'il nous avait même conviés à nettoyer son étable. Curer le fumier était certainement la preuve d'une belle amitié naissante. La vie de Gilles était si peu commune qu'elle m'impressionnait. Durant l'année, lorsqu'il sortait de l'école, il allait garder ses moutons et faisait ses devoirs assis sur un rocher en gardant un œil sur son petit troupeau. Pas en 1922, ni en 1962, mais en 1992. Dans le garage en face du mas, Gilles fabriquait des colliers pour son bétail. Il courbait des morceaux de bois et s'en servait ensuite pour accrocher une cloche au cou de ses bêtes. Que Gilles soit devenu menuisier n'est pas si absurde que ça. Pour moi qui parvenais à peine à faire mes lacets, c'était surréaliste.

Pour Monsieur Fleury aussi, tout cela semblait surréaliste et mon travail l'avait mis de fort mauvaise humeur. C'était de sa faute pourtant. Il nous avait bien demandé de raconter nos vacances d'été dans une rédaction. Pour la première fois depuis mon entrée en sixième, et même depuis très longtemps, on me demandait de faire quelque chose que je comprenais et qui en plus me plaisait. J'avais de la matière et, à cette matière, j'ai ajouté du cœur à l'ouvrage, n'était-ce pas là la définition précise du bonheur? Je le croyais en terminant mon texte et en me relisant. Je me dois ici d'être sincère: je n'ai plus cette rédaction. Si ça se trouve, elle était très mal écrite, truffée de fautes et de transitions hasardeuses. Si ça se trouve, j'ai mérité cette note de 7 sur 20. Une très bonne note pour moi, d'ailleurs, bien au-dessus de ma moyenne générale. Mais le problème, et je crois que c'en est un, est que Monsieur Fleury n'a pas commenté mon travail devant la classe en fonction des fautes, certainement nombreuses, ni de la syntaxe, assurément hasardeuse. Non, il a attaqué mon travail sur sa crédibilité. Il a ridiculisé le fond du texte et, si je puis dire, ma forme à moi.

« Olivier Bourdeaut se prend pour une pâle copie de Marcel Pagnol. » Elle était bien bonne celle-là. Ce professeur de français était si peu cultivé que, pour lui, une histoire qui se passait en Provence était forcément une imitation de Marcel Pagnol. Il aurait pu comparer mon travail à celui d'un mauvais Frédéric Mistral, d'un piètre Alphonse Daudet mais non, Monsieur Fleury avait une culture félibrige très modeste. Il n'était, ceci dit, que professeur de français à l'Externat des Enfants Nantais. Est-ce à dire que si j'avais raconté mes vacances dans le Nord, au milieu des terrils, des maisons en briques rouges, des petits garçons aux visages de Martine Aubry et des petites filles aux airs de Xavier Bertrand, j'aurais été un mauvais Émile Zola ? Ne sont-ce pas là des raccourcis un peu humiliants ? Décidément, Monsieur Fleury avait une vision très caricaturale du sud de la

France. En attendant, toute la classe se moquait de moi et de la rédaction que j'avais pris tant de plaisir à écrire. Déjà que je n'avais pas du travail une idée très exaltante, cet épisode m'a soigné pour des années. Mais Monsieur Fleury ne s'est pas arrêté là.

De manière assez inexplicable, lorsque j'étais enfant je détestais me couper les ongles. Je trouvais cette activité très désagréable. En tout cas plus désagréable que de les brosser pour les nettoyer. J'avais donc souvent les ongles longs, ce qui était très moche, et parfois noirs, ce qui était répugnant. Je me sentais pouilleux et mes ongles n'étaient finalement que le reflet parfait de ce que j'avais dans la tête. Monsieur Fleury avait remarqué cette coquetterie que je tentais pourtant de masquer en serrant les poings toute la journée, autre manifestation physique de mon état d'esprit. Lorsque Monsieur Fleury m'a remis ma copie il s'est emparé de ma main et a déclaré : « Il n'y a pas que les notes d'Olivier qui sont en deuil, ses ongles aussi. » Le faux Marcel Pagnol était un réel guignol en blouse blanche et aux ongles noirs. Décidément, n'est pas Marcel Pagnol qui veut.

J'ai bien conscience que ces vacances étaient peu ordinaires, mais elles avaient bel et bien existé. Avec application, j'avais tenté de raconter la vérité de ce que j'avais vécu et on ne m'avait pas cru.

Il y a quelques années lors d'une visite dans un collège pour parler de mon travail, un élève m'a demandé quel était le pire souvenir de ma scolarité. Chaque seconde de ma présence dans une classe a été un enfer, mais il fallait bien répondre, choisir une anecdote parmi des milliers. Alors, j'ai raconté cette histoire de vérité qui avait été prise pour un mensonge avant de réaliser que mon premier livre commençait justement par ça. Les mensonges à l'endroit et à l'envers, c'était même l'essence de ce texte. Une de mes meilleures trouvailles d'écrivain venait de ce jour d'humiliation.

Hélas, je ne peux plus remercier Monsieur Fleury. La mort l'a emporté et, avec lui, son sens de la pédagogie. Mais à chaque fois que je vais dans une classe pour parler de mes livres et de mon métier d'écrivain avec des élèves, je regarde mes ongles, je souffle dessus et je pense à lui. Adieu et merci.

Faire confiance à la vie

Quand j'y repense, ça avait de la gueule ces vidéos en Super 8 pour les cours de biologie. Un film en classe c'est toujours une petite victoire sur le temps qui passe, un moment de détente. Un travail passif, exactement le genre d'oxymore qui m'a toujours emballé.

Nous avions déjà eu droit à la décomposition du saut du lièvre, et pourquoi pas. Une vidéo très courte, repassée une bonne dizaine de fois, le saut à la vitesse normale puis au ralenti. Je me souviens m'être dit qu'étudier ça ne me servirait jamais à rien, et pour une fois j'avais eu raison. J'ai aperçu un lièvre dernièrement, je l'ai observé sauter plusieurs fois puis disparaître dans les bois. C'était beau, c'était trop rapide, c'était précieux comme toutes les apparitions d'animaux dans la nature. J'ai repensé à ce cours, à cette vidéo, à ce polycopié qu'il m'avait fallu remplir et à ma prise de conscience, déjà à l'époque, de l'inintérêt de connaître les différentes étapes du saut du lièvre. Mon intuition de collégien s'est vue confirmée quand le cas pratique s'est présenté : la vidéo du cours de biologie ne m'a servi strictement à rien. J'ai regardé ce lièvre sauter et puis c'est tout.

C'est un drôle de sentiment, dans la vie, que de se sentir inutile. Ce sentiment est plus puissant encore quand on vous oblige à faire ou à apprendre des choses inutiles. Voilà probablement ce que je devais penser alors que passait, pour la énième fois, cette vidéo sur la reproduction des oursins en milieu marin. Ces histoires de gamètes, pardonnez ma familiarité, mais je n'en avais strictement rien à foutre. Avec ma blouse blanche et mes ongles noirs, je me souviens que je regardais par la fenêtre ; à l'extérieur du bâtiment un grand vent offrait une odyssée, saccadée et aléatoire, à un sac en plastique dont la liberté me faisait rêver.

Que voulez-vous faire dans la vie jeune homme ? Je veux faire sac en plastique abandonné. Je veux voler paresseusement, me laisser porter par les vents, gonfler mes voiles au gré des rafales, survoler les villages, les plaines et les vallées. Je veux finir le beau et long voyage de la vie couvert de gamètes d'oursins, au fond de l'océan. *Olivier, vous écoutez ?*

J'étais prêt à tous les rêves pour échapper à ces leçons de biologie, et c'est la raison pour laquelle j'ai pris une des décisions les plus importantes de ma vie en sortant de ce cours : je n'apprendrai plus jamais ce qui ne m'intéresse pas.

Sortir du circuit. Je me souviens avec précision de ce moment. Je me souviens de l'éclairage sur la haie qui se trouvait à ma gauche ; je me souviens que j'avançais très lentement avec mon cartable toujours trop lourd ; je me souviens que j'ai été légèrement bousculé par des camarades qui marchaient vite vers la prochaine étape de la vie scolaire ; je me souviens du soulagement lorsque j'ai décidé de les regarder s'éloigner et disparaître dans les couloirs, dans les méandres de ce parcours du combattant qui, pour moi, n'avait plus aucun sens. J'étais un gamète mâle qui ne trouverait jamais sa destination, qui ne deviendrait jamais une cellule-œuf. Sans paniquer. Accepter.

Sortir du circuit mentalement, cela va de soi, mais il était inenvisageable d'en sortir physiquement : comment aurais-je pu quitter le système scolaire en sixième ? Ce n'était même pas souhaitable d'ailleurs, car je vivais aussi un enfer à domicile. Au moins, me rendre à l'école permettait de varier les plaisirs. L'enfer vaste et multiple du collège, avec un public nombreux, et l'enfer confiné du foyer, avec un public restreint qui vivait peu ou prou la même chose que moi. Railleries à l'école, gifles à la maison. Le parcours quotidien entre les deux enfers me permettait de respirer. Je peux le dire, le trottoir de la rue de Gigant fut pendant un an ce qui ressemblait le plus à l'idée qu'on se fait d'un sas de décompression. Quoique.

Il suffit de peu de choses, à douze ans, pour vous faire vaciller. Ma réincarnation en sac plastique étant impossible, j'avais encore l'espoir de m'échapper par d'autres voies. La date de ma profession de foi approchait. Lors de la répétition, pour nous rendre à l'église, nous devions nous mettre en file indienne. Une ribambelle d'enfants en aubes blanches, dans les rues grises de Nantes. Il y avait quatre classes de sixième, si mes souvenirs sont bons, à trente élèves par classe ça donnait cent vingt petites têtes en rang d'oignons. Je ne sais pas quel est l'olibrius qui avait eu l'idée de nous mettre par ordre de taille. Peut-être était-ce la tradition ou la lubie esthétique d'un directeur de collège fier d'avoir, dans son dos, une file qui s'étend à l'infini, du plus petit au plus grand. Bien sûr, je savais que je n'étais pas un géant, mais réaliser que j'étais le deuxième plus petit de toute l'école m'a littéralement fusillé.

Au nom de quoi la foi exigeait-elle ce cérémonial ? Les derniers seront premiers et les premiers seront derniers, oui, ça je connaissais. J'étais au point là-dessus, j'avais même plutôt intérêt à ce que cela advienne. Mais les plus petits seront les premiers, je n'avais lu ça nulle part. En me retournant, je voyais tous ces dominos, de plus en plus en plus grands, prêts à m'écraser. J'ai pensé au poster décrivant la chaîne alimentaire punaisé au mur de la classe de biologie : le plancton au début, le requin à la fin. J'avais de l'asthme à l'époque et je me suis mis à grésiller. La panique. J'ai tenté de me rassurer en regardant la fille devant moi. Elle était bien plus petite, microscopique même. Je la connaissais car nous avions fréquenté la même école primaire. Ça m'a consolé une seconde ou deux, avant de réaliser qu'elle était toujours la première de la classe à l'époque. Minuscule certes, mais brillante. J'étais donc le deuxième plus petit, et le plus con, de cette grande école. Une sorte de plancton débile. Ma vie commençait à peine et j'étais déjà foutu. J'allais être dévoré par le banc de sardines dans mon dos, et même mes prières ne parviendraient pas à me sauver.

La profession de foi est un manifeste, la déclaration publique d'une croyance, d'une opinion politique ou religieuse. Je peux déclarer publiquement que ce jour-là, je ne croyais plus en rien et surtout pas en moi. En arrivant à l'église, je me souviens avoir décidé d'abandonner cette course idiote à laquelle on m'avait inscrit sans me demander mon avis, la vie.

Tout le monde connaît ce sentiment, cette impression de libération quand on annule au dernier moment un rendez-vous qui nous gonfle depuis longtemps. Ce soulagement divin qui se produit à l'arrière du crâne et qui s'empare des épaules pour se diffuser partout dans le corps. Voilà ce que j'ai ressenti devant ma petite bougie. L'abandon, la transcendance. Il n'y a pas meilleur endroit qu'une église pour être touché par la grâce. Ciao bye bye, continuez sans moi.

Rêver plus grand

C'est un grand type un peu étrange. Il tabasse des cadavres à coups de canne et, par esprit purement scientifique, administrerait bien une pincée de poison à un ami afin d'en connaître les effets. Il empeste le tabac et prend beaucoup de cocaïne. Adolescent, j'ai passé des heures avec lui, allant à sa rencontre dès qu'une minute se libérait. Je l'ai aimé follement, jusqu'à, je dois le reconnaître, ressentir une jalousie maladive à l'égard de son partenaire, à qui j'aurais d'ailleurs volontiers administré une dose de poison afin de prendre sa place. Je voyais mon ami frapper les cadavres et j'étais aux anges. Je vous rassure, il ne faisait pas ça par cruauté, non non, mais seulement par esprit scientifique. Mon ami n'était ni sadique ni psychopathe, c'était un savant. Il s'acharnait contre ces bouts de viande suspendus au plafond, dans le seul but de vérifier si les morts pouvaient avoir des bleus. Rien de mal à ça.

Après quelques infidélités, j'avais définitivement quitté Arsène dont le panache m'avait fait vibrer mais que, l'âge avançant, je trouvais un peu trop farce pour moi. Je l'admets j'avais besoin d'aller vers les ténèbres, il me fallait une relation plus torturée. En somme, je ne recherchais plus un camarade de jeu mais un mentor. Les histoires de cabines d'ascenseur qui s'envolent comme des montgolfières, c'était bien mignon, mais ça ne valait pas un toxico qui tabasse des cadavres à coups de canne. Je ne voulais plus m'amuser, je voulais rêver, salement.

C'est un des miracles de la lecture, il suffit d'un léger moment de distraction – Dieu sait à quel point j'ai toujours été distrait – pour graver dans votre esprit une fausse image, ou plutôt une image déformée, qui vous accompagne pendant près de trente ans comme une vérité indiscutable. Vous lisez un peu vite, vous pensez à autre chose et vous voilà avec une vision faussée. Je viens de rechercher cette scène de cadavre dans *Une Étude en rouge*, le livre qui immortalise la rencontre entre Sherlock Holmes et Watson. Si Sherlock tabasse bien les cadavres avec une canne, il n'est jamais précisé qu'ils sont suspendus. Pourtant, lorsque j'y pense, je le vois toujours s'élancer vers ces corps pendus, la tête en bas. Est-ce à dire que la scène n'était pas assez glauque comme ça, qu'il m'a fallu, en plus, ajouter cette position sordide ? Je n'en sais rien, mais ça en dit long sur la nature de mes rêves de l'époque qui, vous en conviendrez, n'étaient pas joyeux joyeux.

Sauf un peut-être. À cette même période, j'ai formulé un rêve ravissant. Enfin ! Un rayon de soleil qui perçait la pénombre tenace où je m'étiolais. À moi le show-business, le cinéma, les princesses, la gloire, l'amour. Le menu *Maxi Best Of* de la vie à portée de main.

Revenons au Paradou, aux pieds des Alpilles, chez mon grand-père. Je l'ai déjà dit et Monsieur Fleury l'a confirmé, grâce au fils des voisins, Gilles, j'avais eu la chance de vivre dans un mauvais roman de Marcel Pagnol. Ce n'était déjà pas rien, mais pas grand-chose non plus à côté des noms qui se murmuraient cet été-là dans le village. Charles Aznavour déjeunerait souvent au bistrot du Paradou avec des amis. Caroline de Monaco aurait un mas dans les parages. Mon Dieu une princesse !

À quatorze ans, j'ai les ongles moins longs et moins noirs, je suis un peu moins petit mais ma situation globale est toujours désastreuse. Après avoir sagement redoublé ma sixième, j'ai redoublé ma cinquième. Bref, j'ai voulu laisser le dossier de ma scolarité aux archives mais je suis encore obligé de pointer, puisque la menace de la pension en Vendée est devenue une réalité que j'allais intégrer l'année suivante. Alors je ne suis plus sage du tout. J'étais un idiot qui ne comprenait rien, je suis devenu un idiot qui casse tout. Il n'y a qu'une autorité qui vaille dans mon univers, celle de mon père, la plus sévère. Les autres, c'est bien simple, je m'en cogne. Faire des efforts ne marche pas, je n'en ferai plus jamais. Faire des conneries me distrait, je ne ferai que ça. Mes heures de colle s'additionnent, les gifles s'abattent, les conseils de discipline pleuvent, je suis définitivement sur le bas-côté. Je barbote mollement dans ma flaque de médiocrité mais ça ne m'empêche pas d'avoir des rêves délirants.

Voici ma formule magique, ma devise même: Médiocrité & Mégalomanie. Si j'étais aristocrate, je ferais graver ces deux mots sur ma chevalière. Et ça tombait plutôt bien, comme la famille de Monaco vivait dans le coin, la chevalière semblait à portée de main. C'est fou à quel point un esprit perdu peut se raccrocher à des branches extravagantes. En continuant sur ma lancée, j'étais bien parti pour redoubler toutes les classes, j'allais sortir du système scolaire à vingt-huit ans en ayant écumé autant d'écoles que d'années. Il me fallait un coup de maître, un coup de corsaire qui me sorte de ces sables mouvants dans lesquels je m'enfonçais inexorablement, sans même me débattre. Il me suffisait de croiser la fille de la princesse, de la séduire sur la pointe des pieds et le tour serait joué. Il n'y a pas que les petites filles qui ont des rêves de princesse, les petits cancres aussi. À moi les palais, les yachts, le bicorne, les habits d'apparat, la couronne, la vue infinie sur la mer Méditerranée et, surtout, terminés les baffes et les répugnants bulletins de notes.

Il me fallait donc ouvrir l'œil et le bon, rester à l'affût. Lorsque nous nous promenions dans la région, je scrutais dans tous les coins en espérant rencontrer mon destin qui, évidemment, n'apparaissait jamais. J'avais entendu dire que Michel Drucker était dans les parages, qu'il faisait souvent du vélo, mais je n'avais aucune envie de devenir madame Drucker. À moins qu'il ne m'adopte, et dans ce cas-là, pourquoi pas. C'est vous dire à quel point je vivais un enfer. Mais Michel Drucker non plus, on ne le voyait jamais. Il y avait bien une autre célébrité qui pointait très souvent le bout de son nez et que toute ma famille, sauf moi, apercevait souvent : Jean Reno.

Il était partout. Sur la place de Maussanne, chez Charles le boucher du village et surtout dans la bouche de tous ceux qui le croisaient. Dès que je restais à la maison, comme par magie, il apparaissait dans le village. Dès que j'allais au village, il restait chez lui. Au bout de quinze jours cette sorcellerie me courait sur le haricot, j'étais exaspéré, cette incompatibilité d'agenda me désespérait.

Jean Reno venait de tourner *Léon* avec Natalie Portman et, à défaut de princesse, une actrice hollywoodienne ferait l'affaire, le Nouveau Monde, les piscines à débordement, tout ça tout ça, ce serait toujours mieux que Saint-Gabriel en Vendée. Mais enfin, avant même de réunir les fonds pour acheter un billet d'avion, il fallait que je croise Jean Reno. C'était le point de départ.

Autant je n'ai jamais le droit de sortir de ma chambre à Nantes, autant on me laisse parfois le droit de me promener au Paradou. Ce sont les vacances après tout, je ne peux quand même pas rester enfermé dans une chambre toute l'année. Un peu d'air. J'emploie donc ma dernière semaine à chercher Jean Reno partout. Je marche, je marche, je guette, j'observe.

J'ai les mains un peu moites en évoquant cette période. Quelle situation pathétique tout de même. Mais c'était la mienne à ce moment-là et je ne peux rien y changer. Cette idée absurde a existé dans mon cerveau malade, j'assume.

Je marche donc le plus souvent possible entre le Paradou et Maussanne. Je me dis que, peut-être, puisque c'est un axe important, j'ai plus de chance de le croiser. Je précise *peut-être* car, si je m'étais donné une mission idiote, je ne sais plus si j'avais une stratégie intelligente concernant sa mise en application. J'espère que je réfléchissais un petit peu, je veux le croire en tout cas. J'imagine que tout n'était pas à jeter chez ce garçon de quatorze ans.

Je le cherche partout, il n'est nulle part. Jean Reno, c'est l'Arlésienne d'Alphonse Daudet. Et là, il faut imaginer l'acteur en tenue traditionnelle provençale, avec des rubans et des frous-frous, mon calvaire paraît alors moins pénible, ma quête devient même poétique. Mais même comme ça, il reste introuvable. La fin des vacances approche et avec elle la mort de mes projets délirants. Je me souviens que cela me contrariait mais surtout me rendait très triste. La rentrée des classes me terrifiait.

Généralement, deux ans de différence ne changent pas grand-chose au commerce des hommes. C'est même anecdotique. À une seule exception : entre douze et quatorze ans. Les premiers sont encore des enfants alors que les seconds se prennent pour des adultes. Il n'y a plus rien de commun entre ces deux âges. Je vais passer mon année en pension avec des gamins. Au moins, je ferai la même taille qu'eux. Ce n'est même plus du surplace, c'est une putain de machine à remonter le temps. Je n'aperçois plus ceux de ma génération. Ils m'ont largué. Je l'ai accepté, je suis un attardé, mais revenir au jardin d'enfants me terrifie. Je dois disparaître et ce plan autour de Jean Reno, aussi idiot qu'il soit, me semble, sur le moment, le meilleur moyen d'échapper à ce cauchemar. J'ai tout misé sur ce projet à la con.

Et là, le miracle : Jean Reno me prend en stop.

Jean Reno m'a pris en stop ! Quand je l'annonce, tout le monde est bouche bée, et ma phrase résonne dans mes oreilles. *Jean Reno m'a pris en stop.* C'est féerique, ils sont tous épatés. Mon petit frère et ma petite sœur sont euphoriques, peut-être sont-ils un peu jaloux. Je l'espère en tout cas. Ma mère sourit, elle semble heureuse qu'il me soit arrivé une telle chose. Et, par-dessus tout, mon père qui a l'habitude de conclure toutes mes phrases par *non*, de remettre tout ce qui vient de moi en question, mon père me croit. On me pose des questions auxquelles je réponds. Je développe, je détaille. La marque de la voiture, la conversation, l'endroit où la star du *Grand Bleu* m'a pêché, sa voix, ses lunettes rondes, le feu roulant des questions donne lieu à des réponses argumentées. C'est incroyable tout de même cette histoire. Pour une fois dans ma vie, je rends les gens heureux. Un miracle.

Le miracle, le seul, le vrai, c'est que tout le monde m'ait cru. La question, la seule, l'unique, c'est pourquoi avoir raconté un truc pareil ? Et je n'en sais rien. Je suis incapable de répondre. Je n'ai pas du tout prémédité ce mensonge. En rentrant à pied vers la maison, je ne me suis pas dit, tiens je vais mythonner. Je vais apaiser ma frustration en m'inventant une vie. Absolument pas. Je suis arrivé dans le jardin et j'ai annoncé ce truc énorme sans même m'en rendre compte. J'étais le premier surpris par cette nouvelle ahurissante. Plus je répondais aux questions, plus je voyais que ça faisait plaisir à mon entourage, plus j'étais étonné que mon mensonge s'installe tranquillement dans la légende familiale. Pendant des années, j'entendrais les membres de ma famille parler de cet exploit surréaliste et incroyable. Vous savez qu'en Provence Jean Reno a pris Olivier en stop ? Et là, les gens tournaient la tête vers moi et semblaient se dire, avec quelque chose comme du soulagement dans le regard : pour une fois que cet enfant est à l'origine d'un truc sympa, ne gâchons pas notre plaisir.

Que s'était-il passé ? D'où venait cette hallucination collective ? Habituellement, lorsque je faisais part à mon père d'une évidence comme, par exemple, *le ciel est bleu aujourd'hui, il fait beau*, il me répondait *non*. Ou bien si, en regardant ma montre, j'annonçais *il est midi et demi*, il me répondait encore *non*. Alors comment se fait-il qu'en entendant *Jean Reno m'a pris en stop*, il m'ait seulement demandé, en souriant, la marque de sa voiture ? Il existe plein d'histoires d'hallucinations collectives à grande échelle et moi, ce jour-là j'avais été à l'origine d'une hallucination collective en petit comité. Pourquoi les gens, les membres de ma famille, ont-ils voulu y croire ? Comme je l'ai dit, je n'étais pas pour eux une grande source de satisfaction à cette époque. Mon prénom était toujours associé à quelque chose de désagréable : un conseil de discipline, une bagarre, des consultations chez les psys, un retard, une insolence, une violence verbale. Mon prénom était toxique à la maison, son évocation suscitait des grimaces désespérées, comme une giclée d'acide sur la langue. Peut-être que tout le monde avait voulu croire à mon histoire fabuleuse, justement, parce que ma vie manquait de couleur à ce moment-là et que, pour eux comme pour moi, c'était un soulagement qu'il m'arrive enfin quelque chose d'agréable et d'incroyable.

Prenons, si vous le voulez bien, le problème dans l'autre sens. Mettons-nous une seconde dans la peau de Jean Reno. Le grand comédien est au volant de sa belle automobile. Il écoute, car il est un peu obsessionnel, la musique du *Grand Bleu* composée par Éric Serra. Il est très heureux, son dernier film *Léon* est un carton mondial. Il est en vacances dans sa maison de Provence, il vient d'acheter des côtelettes d'agneau chez son ami Charles, le boucher de Maussanne. Il siffle aux bruits des profondeurs marines, il tape le volant de ses doigts aux cris des dauphins. Enfin, il a une belle vie de Jean Reno devant lui. Et là, sur le bord de la route, il voit un adolescent de quatorze ans qui marche avec son pouce levé. Jean Reno ajuste ses lunettes rondes et se dit : mais que fait cet adolescent sur la route ? Je vais le prendre en stop, comme ça il aura plein de choses à raconter à sa famille.

Eh bien finalement, vu sous cet angle, c'est-à-dire de

derrière les lunettes rondes de Jean Reno, ça ne me semble pas si dingue. J'ai toujours trouvé que Jean Reno avait l'air d'un homme bon. Alors il freine, s'arrête sur le bas-côté et demandedentition:

– Où vas-tu comme ça, mon petit ?

– Au Paradou, monsieur.

– C'est sur ma route, monte je t'emmène.

– C'est sympa ça, merci monsieur. Grâce à vous, pour une fois, je vais épater la galerie.

Il aurait certainement dit « mon petit ». Déjà parce que je n'étais pas grand, mais aussi parce que c'est une expression qui lui ressemble.

Ce conte provençal fait partie des épisodes de mon existence qui m'ont conduit dans cette cabane au nord de l'île d'Ibiza, où je tente aujourd'hui d'écrire.

Un jour, j'ai pris le temps de raconter, avec soin et plaisir, la vérité sur mes vacances dans une rédactiondentition; Monsieur Fleury et toute la classe se sont moqués de moi et de mes beatniks prétendument imaginaires. Un autre jour, j'ai inventé spontanément une rencontre avec une star planétaire, et tout le monde m'a cru. Reconnaissez que c'est troublant. Même si je n'ai pas passé des heures à me pencher sur cette manifestation de l'ironie de la vie, celle-ci est restée dans un coin de mon esprit une petite vingtaine d'années, avant de ressortir sous cette forme dans mon premier livre :

Je m'étais fait gentiment gourmander et copieusement moqué.

– La vérité est mal payée, pour une fois qu'elle était drôle comme un mensonge, avais-je déploré.

Je ne le déplore plus, je m'en félicite. C'est ma vie désormais.

Fuir les personnes toxiques

« Quand un homme a l'honneur d'être un délassement pour ses contemporains, il doit y consacrer le plus clair de sa vie. »
Sacha Guitry

Médiocrité et mégalomanie, l'association de ces deux mots donne une définition assez précise de la bêtise. Pourtant elle a toujours été ma boussole. Plus ma réalité, mes réalisations, mes résultats étaient médiocres plus mes objectifs devenaient délirants. Je le comprends mieux désormais, cet oxymore représentait tout simplement mon instinct de survie. Et même s'il me faisait passer pour un abruti, c'est grâce à lui que je pouvais me lever tous les matins.

Des projets à la con, des souhaits extravagants, j'en ai donc formulé toute ma vie. Mais je crois que le plus idiot de tous reste celui de devenir écrivain.

Prenons cette histoire de Natalie Portman : les probabilités de la rencontrer par le truchement de Jean Reno étaient très faibles, inexistantes même, et pourtant j'ai passé une semaine accroché à ce scénario. Je ne pensais qu'à ça, à telle enseigne que j'ai erré des heures sur le bord d'une route en Provence pour que cela advienne. Vous l'aurez compris, je ne crains pas le ridicule. Enfin ça dépend, quand il s'agit d'un ridicule contrôlé et surtout très ancien, je peux en parler avec détachement. *Mon Dieu, quel abruti cet enfant !* Des années plus tard, ça fait moins mal, forcément. Et puis ce délire autour de Jean Reno était heureusement resté secret, je n'en avais parlé à personne. Pourtant, à bien des égards, mon rêve de devenir écrivain était plus dérangeant encore que cette rencontre au sommet avec des stars. *Unconfortable.*

Formuler des objectifs irréalistes me permettait aussi, surtout, d'avoir la paix. *Je veux devenir écrivain.* Une fois passé la sidération, la consternation, la condescendance dans le regard de mon interlocuteur, j'étais certain qu'il ne m'en parlerait plus jamais. Mais alors pourquoi m'accrocher à ce projet à la con ? Comment m'est venue cette drôle d'idée ? Je l'ai déjà dit, je lisais beaucoup. J'avais le luxe incroyable d'être enfermé la semaine en pension et le week-end chez moi. Je dévorais donc deux romans par semaine – ce qui est beaucoup moins que certains libraires mais quand même beaucoup plus que la moyenne. Un réflexe naturel d'adolescent est, je crois, de vouloir s'identifier à ceux qui nous offrent, au choix, extases, émois, transes, euphories ou larmes. Dans ma classe, à l'époque, beaucoup rêvaient d'être Michael Jordan, Kurt Cobain ou Kelly Slater. Je voulais être Bel Ami, pas Maupassant, non, mais son personnage de fiction. Je me plaisais dans ma solitude de lecteur.

L'année précédente, lors de ma première cinquième donc, j'avais réalisé qu'à défaut d'épater la galerie avec mes notes, je pouvais l'amuser avec mes âneries. Et j'avais tellement usé de ce talent nouveau qu'on m'avait prié d'aller l'exercer dans un autre cirque, au pensionnat Saint-Gabriel en Vendée, qui était considéré, à l'époque, comme le camp de redressement non mixte de la bourgeoisie nantaise.

C'est à cette période aussi que mon père, à qui je dois énormément pour son intransigeance violente et son sens particulier de la liberté, m'a donné un conseil précieux qui, je crois, a contribué à me pousser vers l'écriture : tenir un carnet de vocabulaire et de citations. Cela s'est avéré, étonnamment, une des activités qui m'a le plus emballé ces années-là. Mon père m'avait offert le plus beau des cadeaux : une idée.

Il était très doué pour ce genre de chose, une idée ça voit loin, c'est profond et surtout ça ne coûte rien. Car de carnet, il n'a pas fourni, de crayon pas davantage et je dois reconnaître que, sur le moment, je l'ai trouvé bien gentil avec sa proposition mais ça ne m'a pas transporté non plus. C'est sûr qu'un carnet de mots à côté de la guitare de Kurt Cobain ou bien de la planche de surf de Laird Hamilton, vis-à-vis des filles que je ne croisais jamais, bon eh bien… Je n'ai même pas besoin de finir ma phrase.

T'as fait quoi ce week-end ? Moi j'ai gratté ma guitare avec mes potes, j'ai enfin *Smells Like Teen Spirit* au bout des doigts. Et toi ? J'ai pris une vague en backside sur ma board à la Govelle. Et toi ? Moi ? J'ai chopé un très beau mot, une petite merveille : borborygme. Ah génial et ça veut dire quoi ? Heu, ce sont les bruits produits par le déplacement des gaz dans l'intestin ou l'estomac, mais aussi des propos incompréhensibles, des sons que l'on ne peut identifier. Ah d'accord, t'es un bouffon en fait. Oui, parfaitement c'est ça un bouffon. D'ailleurs bouffon est un mot qui vient de l'italien *buffone*, qui signifie… *Mais tu vas fermer ta gueule un peu, tu nous fous le cafard !*

Borborygme est vraiment un des premiers mots de mon carnet de vocabulaire. J'ai tenu à lui rendre hommage dans un de mes romans. Je l'ai écrit sur mon fichier Word et je me suis souvenu avec précision de ce jour où, le dictionnaire sur la table et le cahier à spirale jaune moutarde sous la main, je m'étais appliqué à écrire « borborygme » et sa définition. Il ne manquait que la langue coincée entre les dents pour signifier l'extrême concentration. C'est d'ailleurs un des mots les mieux écrits du carnet, avec rigueur et même une certaine délicatesse.

Durant des années, au fil de la semaine, je notais des mots sur des petits papiers, des post-it, des tickets de caisse, des bouts d'enveloppe, et le week-end je trouvais un moment pour, déjà, déchiffrer mes gribouillis, puis chercher les mots dans le dico afin de recopier les définitions dans mon carnet de la marque Conquérant. C'était un cérémonial, mon cérémonial, et ce cahier à spirale jaune moutarde était mon trésor.

Mes deux années de pensionnat demeurent les deux années les plus littéraires de ma jeunesse. Et si j'ai haï cette période, je dois bien reconnaître que je lui dois beaucoup. J'ai pourtant tout détesté de la pension, le trajet, les pions, les profs, les alvéoles dans lesquelles nous dormions, les douches, les couloirs, cet immonde bloc soviétique en béton qui servait de self, la nourriture, les carrelages, les odeurs, le pain, les préfabriqués, ramasser les petits papiers dans la cour en cinquième, balayer la cour en automne en quatrième, les saisons, les lundis, les mardis, les mercredis, les jeudis, les vendredis, la pluie, le soleil, les nuages, le vent, les samedis car j'avais encore l'odeur des couloirs dans le nez et les dimanches parce que je savais que l'enfer allait recommencer. J'ai tout détesté de cette école et ça a débuté dès l'entretien d'embauche, si je puis dire.

Jean-Jacques Benaiteau était une sorte de sous-Jacques Chirac du bocage vendéen. En plus de diriger son horrible établissement, il était maire du patelin. Se prenant vraiment pour le shérif du coin, il nous a accueillis ma mère et moi avec un discours de cador. Après deux redoublements et deux renvois, le premier pour manque de travail, le deuxième pour manque de travail et manque de discipline, je comprends parfaitement le besoin que ma mère avait d'entendre une harangue martiale assénée par le caïd local. À sa place, une phrase comme : *Ici on ne renvoie pas les élèves mais on les fait rentrer dans le rang*, m'aurait enchanté. Ou encore une sentence telle que : *Il va filer droit, croyez-moi*, m'aurait fait frémir de plaisir. Je comprends parfaitement que ce genre de rhétorique peut rassurer lorsqu'on est désespérée. Monsieur Benaiteau savait y faire avec les mères au bord de la crise de nerfs. Un peu moins avec les enfants qui, comme moi, n'avaient strictement plus rien à perdre.

Regarde-moi bien espèce d'abruti, tu crois que tu me fais peur avec tes grosses paluches et ta gourmette ? Tu te prends pour qui avec ton mauvais costume Armand Thiery ? Tu penses vraiment que tu vas m'impressionner avec ton discours d'adjudant-chef et ta gomina bon marché ? Mais pauvre con, à côté de mon père t'es aussi terrifiant que Winnie l'Ourson. Tes menaces sont des caresses, t'es limite en train de me draguer avec tes yeux de biche. Sais-tu au moins que dans deux ans tu finiras par me renvoyer. Je vais gagner et tu vas perdre.

Bon, évidemment, c'est toujours plus simple à dire, trente ans plus tard et à 1 500 kilomètres de cette chaise où je subissais les rodomontades du directeur de la pension. Mais cela résume bien ce que je pensais, à cette époque, de tous ceux qui tentaient de faire preuve d'autorité. Il y avait un chef qui régentait ma vie et le reste du monde était composé de chiffes molles. Je n'avais peur de rien ni de personne, sauf de lui. Alors, j'étais vraiment désolé pour ce pauvre directeur mais la pension se situant à une heure de route de Nantes, et donc de notre appartement, je me retrouvais hors d'atteinte, dans une sorte de zone grise, et il pouvait gonfler les pectoraux autant qu'il le voulait, je jugeais ça distrayant au mieux, insignifiant au pire.

Contrairement à l'année précédente, où j'avais brillé par mon insolence et ma créativité dans le domaine de la bêtise, j'aspirais cette rentrée-là à une seule chose : la paix. Je ne voulais plus me battre, je ne voulais plus foutre le bordel en classe, je ne voulais plus me faire remarquer, je voulais seulement lire et remplir mon carnet de vocabulaire. Était-ce trop demander à la vie ? A priori oui, je devais avoir une tête qui ne méritait pas la paix. Je devais avoir une gueule qui exigeait la guerre. J'en étais certainement responsable, mais à cet âge-là, j'étais déjà un vieux guerrier fatigué et quand je tombais sur un professeur comme Mademoiselle Guerif qui enseignait l'espagnol à toute la classe, mais me laissait lire mes romans, j'en avais des frissons de reconnaissance. Quelle douceur chez cette femme, enfin quelqu'un qui me faisait le cadeau d'une pause dans cette vie de combat.

J'ai toujours lu avec tendresse les histoires de professeurs qui ont changé le destin de leurs élèves. Comment ne pas avoir le cœur qui chavire à l'évocation du totem Louis Germain et de son élève, puis ami, Albert Camus. C'est un marronnier dans la presse, de demander à des célébrités de parler d'un enseignant qui leur a tendu la main, qui a transformé ce petit gamin, taiseux ou insolent, en élève studieux. Le témoin en question affiche souvent un bac plus 18 mais rappelle qu'il était un vilain petit canard avant d'avoir rencontré Mademoiselle Perruche, du lycée Jacques Prévert à Beauvais. Désormais, il dirige une grande société, profite de son temps libre pour écrire des essais sur Berlioz et dirige l'association des Amis de Marcel Proust quand il ne régate pas avec des représentants du CAC 40. Ah, cette Mademoiselle Perruche a eu l'œil, le cœur et l'esprit, et c'est vrai qu'à tous ces enseignants la société doit mille mercis.

De mon côté, je le déplore, malgré une très longue présence dans la matrice je n'ai jamais croisé un seul professeur qui m'ait tendu la main – enfin de cette manière, j'en ai quand même reçues plusieurs dans la gueule. Mais je tiens à remercier, du fond du cœur,

Mademoiselle Guerif de m'avoir foutu une paix royale. C'était déjà pas mal. C'était déjà beaucoup.

Qui dit vocabulaire, dit dictionnaire. Ce carnet de mots était ma drogue, il me fallait donc un bon dealer. Hélas, il n'y en avait qu'un seul pour toute l'étude le soir et je devais partager mon fournisseur avec une centaine d'élèves. Il fallait faire circuler ce grimoire aux milliards de formules magiques et attendre qu'il revienne. Les définitions, le sens précis des mots, voilà ce qui m'enchantait. La dernière fois que je suis tombé sur mon fameux carnet, j'ai été étonné d'y trouver, au milieu de pépites rares et brillantes, un certain nombre de mots très communs. Je me souviens que mon père m'avait dit que si je n'arrivais pas à définir précisément un terme, celui-ci avait sa place dans ma liste. Et je dois reconnaître qu'il avait raison, nous passons nos journées à employer des mots dont nous sommes incapables de donner la définition précise. Nous savons ce qu'ils signifient mais sans exactitude. Comme j'avais abandonné depuis longtemps l'idée même de réussir ma carrière scolaire, d'apprendre des matières qui ne m'intéressaient pas, j'avais donc un temps infini à consacrer à la précision des définitions.

Heureusement, lorsque j'étais enfant je n'ai pas subi la malédiction de lire les nouvelles versions de la *Bibliothèque Verte*, où des mots aussi somptueux que *grommeler* et *carrousel* ont été rayés du texte pour enlever aux enfants le plaisir d'ouvrir de nouvelles portes, de découvrir de petits bijoux.

Ils ont commencé par enlever les mots qu'on comprenait mal et désormais ils effacent les mots qui font mal. Bientôt, ils feront disparaître les mots tout court et les remplaceront par des onomatopées qui, c'est bien connu, n'ont jamais vexé personne. Bientôt les *Bibliothèque Verte* deviendra la *Bibliothèque Vide.* Les *sensitivity readers*, les lecteurs de sensibilité, veulent tout simplement que nous parlions comme des orangs-outans.

Je tiens à préciser au passage que mon attaque n'est pas, du tout, dirigée contre cette communauté de mammifères arboricoles dont je respecte l'engagement de toujours pour la sauvegarde de la planète, le combat pour l'égalité salariale, le polyamour, le compost, enfin bref cette communauté qui lutte chaque jour pour un monde plus inclusif. Non, non, je vise les singes savants qui se prennent pour des humains.

L'escroquerie commence d'ailleurs dès l'intitulé du poste : lecteur de sensibilité. Ce ne sont pas des lecteurs car, comme nous le rappelle le Larousse, un lecteur est une personne qui lit, qui collectionne les mots, pas une personne qui les chasse pour les éliminer. Toujours selon le Larousse, le lecteur est une personne qui aime lire. Quelqu'un qui dépouille les textes et les livres n'aime pas lire, il aime détruire, c'est un barbare bienveillant.

Je l'ai dit, ces années de compagnonnage avec le dictionnaire m'ont fait aimer les nuances. J'aime la précision des définitions et, là encore, il est très simple de confondre sensibilité et sensiblerie. La sensibilité, selon le dictionnaire, est une aptitude à s'émouvoir, à éprouver des sentiments d'humanité, de compassion et de tendresse pour autrui. La sensiblerie, c'est la même chose mais en exagéré, en ridicule, en grotesque. Et nous y sommes. Nous venons de trouver l'intitulé exact de ce métier : Fouineur de sensibleries.

Gao Xingjian, écrivain chinois, prix Nobel de littérature, sait de quoi il parle en affirmant que « La vie est source de la littérature et la littérature doit être fidèle à la vie ». Lui qui a dû, sous la première Révolution culturelle, passer six ans en camp de rééducation et brûler une valise de manuscrits, doit être étonné qu'aujourd'hui on brûle des mots, au sens propre. Au Canada, le pays de la nouvelle révolution culturelle, des écoles ont brûlé 5 000 livres en 2021, des millions de mots partis en fumée. Les flammes ont-elles fait disparaître les maux que ces livres incarnaient ? Il n'est même pas digne de répondre à cette question. Au moins ces criminels ont-ils fait à grande échelle le travail de fourmis que font les fouineurs de sensiblerie. Cramer la littérature et finalement cramer la vie.

On le sait, de plus en plus d'études le prouvent, moins un individu dispose de mots pour exprimer ses sentiments, plus il sera violent, et plus il fera parler ses mains plutôt que son intelligence, on appelle cela l'insécurité linguistique. En rendant les textes moins riches, ils rendent leurs lecteurs plus pauvres. En voulant rendre les textes moins dérangeants, ils rendent leurs lecteurs plus violents.

Protéger les enfants consisterait donc à leur transmettre autant de vocabulaire qu'à des orangs-outans. Si ces idioties avaient existé dans mon enfance, je n'aurais rien eu à mettre dans mon carnet à spirale et ma vie aurait disparu dans un vide intersidéral.

Se concentrer sur l'essentiel

En 2005, je me suis fait un cadeau. Après dix ans à fouiller dans n'importe quel dictionnaire – j'étais très libertin en matière de définitions –, j'ai sauté le pas. Je m'en suis offert un. Pas n'importe lequel, le Larousse illustré par Christian Lacroix. Quelle élégante couverture. Le paradis des mots enveloppé dans une étoffe bigarrée. J'avais enfin mon propre dealer de mots. J'avais vu les choses en grand, mais tout d'un coup mon carnet à spirale, jaune moutarde, tout râpé, faisait un peu pitié à côté de ce bel objet, et puis il débordait de mots qui, pour les derniers, étaient horriblement mal écrits. Je suis gaucher et dyslexique, il me faut énormément m'appliquer, sinon j'ai rapidement une écriture de goret. Aucun doute, ce calepin était bien trop négligé pour figurer à côté d'un grand couturier. J'ai donc investi dans des carnets Moleskine et un magnifique stylo Waterman dans un petit coffret bleu. Rien n'était trop beau pour mes mots. Déluge de luxe, dépenses inconsidérées, j'étais prêt à tout.

À l'époque, je vivais chez mon petit frère, place du Commerce à Nantes. Je dormais dans son canapé. C'était au début de ma carrière-canapé, le premier d'une très longue série. Je me souviens du regard consterné de Xavier quand je suis rentré avec mon dictionnaire, mon stylo argenté et mes deux carnets. J'avais l'impression d'être un dégénéré qui avait claqué tout le pognon du foyer dans des choses futiles. *Euh, le frigo est vide, le loyer tombe demain et tu nous rapportes un dictionnaire ? Comment te dire mon frère, je t'aime beaucoup tu sais, je veux bien t'aider, mais là il va falloir faire des efforts.*

Mon petit frère faisait des études pour devenir plombier. Il se levait très tôt et travaillait très dur. J'étais alors « négociateur immobilier », je me levais tard et travaillais très doucement. J'avais été embauché pour vendre des maisons et des appartements et je n'en vendais pas. Aucun. Jamais. Je touchais donc le SMIC en attendant de vendre le château des Ducs de Bretagne, voilà en tout cas ce que je tentais de faire croire à ma banquière. Le reste du temps, je me promenais avec des trousseaux de clefs dans mes poches, rarement les bons, et je faisais beaucoup la fête. Du jeudi soir au dimanche matin, je dépensais gaiement mes 1 100 euros mensuels ; j'étais ce qu'on peut appeler un crétin inconséquent. Inconséquent mais esthète, puisque j'étais revenu de la FNAC avec des carnets Moleskine et un dictionnaire Christian Lacroix. Comme toujours avec moi, mon frère a soupiré, a tourné la tête et a tenté d'oublier tout ce merdier en s'allumant une cigarette. Magnanime, il a caché son désarroi derrière un rideau de fumée.

CYPRINE : *n.f. didact.* Sécrétion vaginale, signe physique du désir féminin.

Pourquoi donner la définition de la cyprine ? Par provocation ? Pour émoustiller le lecteur mâle, qui est en voie de disparation ? Attirer le chaland ? Non, rien de tout ça. Pour une raison que je n'ai pas envie de développer, j'ai été confronté, un matin, à une apparition mirifique de ce liquide et j'ai désiré approfondir la question. J'ai donc cherché la définition dans mon beau dictionnaire. Celle-ci ne m'a rien appris de plus mais, selon mon habitude, j'ai regardé les mots qui étaient autour. Et celui qui précédait cyprine, c'était cyprin.

CYPRIN : *n.m. zool.* Poisson de la famille de la carpe. CYPRIN DORÉ : poisson rouge des aquariums.

Tout cela n'avait pas l'air passionnant, mais allez comprendre pourquoi, j'ai voulu en savoir plus sur les cyprins. Si je peux faire des recherches sur des trucs de cul, comme bien des gens j'imagine, je suis aussi capable de faire une enquête poussée sur des poissons rouges. Et là, je dois le reconnaître, mes souvenirs sont assez flous. Comment ai-je fait pour en arriver à découvrir que le cyprin doré était parfois victime de nanisme spatial ? Et pourquoi le nanisme spatial a-t-il attiré mon attention ? Comme cela m'arrive fréquemment aujourd'hui encore en naviguant sur Internet, j'ai dû être victime d'un filet dérivant. Suivre une piste sans but, jusqu'à en oublier le point de départ. Ça m'arrive tout le temps. Je n'ai donc pas à aller chercher bien loin pour illustrer mon propos.

Pas plus tard qu'hier matin, je traînais sans quête précise sur le site d'un grand quotidien lorsque je suis tombé sur un article qui n'avait pas grand-chose pour m'intéresser : *Qui est Walt Nauta, l'aide de camp de Donald Trump pris dans le tourbillon judiciaire.* Sur la photo qui illustre l'article Walt réajuste le col du polo trempé de Donald Trump et ressemble plus à une nounou qu'à un aide de camp. Pour être honnête, si je clique pour en savoir plus sur cet homme, c'est qu'il me fait un peu de peine.

Entre autres choses, j'apprends que ce monsieur Nauta vient de l'île de Guam. *Mais, voyons donc, de quoi s'agit-il ?* Jamais entendu parler de cette île qui apparemment est la plus grande de Micronésie. Jamais entendu parler, non plus, de la Micronésie. *Où est-ce ?* Je regarde sur Google Maps. Et là, je suis obligé de prendre beaucoup de hauteur pour voir où elle se situe vraiment. *Ah oui, quand même, c'est complètement paumé.* Je m'oriente ensuite vers Google Images qui m'offre des cartes postales de sable blanc et d'eau turquoise, le paradis. *Un paradis caché ! Je comprends mieux pourquoi je n'en ai jamais entendu parler.* Me voici sur la page Wikipédia de l'île de Guam. *Hum hum, intéressant :* l'île de Guam est un territoire non-incorporé des États-Unis d'Amérique. *Jamais entendu parler de ce statut.* Un territoire non incorporé est un territoire américain n'ayant pas le statut d'État de l'Union. Tout d'un coup, ça va beaucoup mieux en le sachant. Je poursuis ma découverte de ce territoire aussi fascinant que microscopique. Je rêve un peu, je me promène dans l'histoire de cette île et j'y apprends que Magellan fut le premier Européen à entrer en contact avec les autochtones, *décidément il était partout celui-là.* Cette île de Guam a tout pour me plaire, me dis-je en m'enfonçant dans mon siège, ma tasse de café à la main. Et pourquoi pas en faire la destination de futures vacances ? En plus, je suis persuadé que tout le monde est aussi inculte que moi, et que c'est une bonne manière de frimer. *Chaque année, nous allons sur l'île de Guam, oui, c'est notre refuge. Vous ne connaissez pas ? Ah bah écoutez c'est bien simple, c'est en Micronésie. Ah, vous ne connaissez pas non plus... Là, je ne peux rien faire pour vous.*

Et là, patatras, dans la rubrique écologie j'apprends que ma chère île de Guam, mon refuge secret, est infestée de serpents et pas n'importe lesquels, des *Boiga irregularis*. Ils seraient deux millions sur ce putain de caillou. Beurk, l'enfer sur terre. Wikipédia est formel, le *Boiga irregularis* peut mesurer jusqu'à trois mètres et cette saloperie monte aux arbres pour dévorer les gentils oiseaux, qui eux ne sont plus assez nombreux pour manger les araignées, qui à leur tour pullulent sur l'île. *Comment un tel endroit peut-il exister ? C'est pire que la Picardie. C'est l'île du diable. Pour rien au monde je n'y foutrais les pieds.*

Et tout d'un coup je comprends pourquoi Walt Nauta s'est barré de ce caillou maudit. À choisir entre deux millions de serpents et éponger le front de Donald Trump, la deuxième option me semble largement plus confortable. J'en conclus donc que ce Walt Nauta est doté d'un solide bon sens et, subitement, je ressens un peu d'admiration pour lui. Quel parcours, quelle carrière !

Et de mon côté quel trou noir, je viens de passer quarante minutes à suivre une piste qui ne m'intéresse pas, dans un monde parallèle que je n'avais aucune intention d'explorer.

Mais après ce passionnant détour par la Micronésie, revenons au cyprin doré. Selon Annie Roi, présidente de l'Association Française du Poisson Rouge, un spécimen commun peut atteindre 30 cm en bassin. C'est un cousin de la carpe koï qui, elle, peut mesurer jusqu'à 1,50 m. Si le poisson rouge reste si petit dans nos aquariums, c'est parce qu'il se nanifie. Son corps ne grandit pas, mais ses organes internes, si. C'est assez atroce comme processus, manquer de place à l'intérieur de soi, déborder.

En somme, vous prenez deux poissons rouges, des jumeaux, vous plongez le premier dans un petit bocal rond – le traditionnel, celui des cheminées et des commodes de chambre d'enfant – et vous lâchez le second dans un grand bassin extérieur. Le premier restera petit toute sa vie, tandis que le second grandira jusqu'à atteindre une trentaine de centimètres. Voilà où j'en étais, quelques heures après avoir cherché une définition précise de la mouille. Je gambergeais sur la taille des poissons rouges et sur l'influence de leur habitat sur celle-ci.

Comment se fait-il qu'en ce jour de 2008, découvrant la définition du cyprin doré et l'existence du nanisme spatial, j'ai eu une idée, et surtout l'envie, de la développer ? Car ce jour-là je n'ai pas seulement ouvert le dictionnaire pour chercher la définition de la cyprine, j'ai surtout ouvert un chapitre de ma vie qui allait durer quatre ans, et mis le doigt dans un drôle d'engrenage : l'écriture romanesque. Et comment se fait-il qu'aujourd'hui la même idée ne parviendrait pas à m'animer trois matins de suite ?

Car le plus étrange est que cette histoire de nanisme spatial m'a immédiatement inspiré. Tout est venu très naturellement. Je n'ai pas adapté cette spécificité au corps d'un être humain, mais à son esprit, à la cervelle d'un personnage que j'ai décidé de suivre sur vingt ans. Édouard de Fingal naît et vit dans un hôtel particulier dont il ne sort pour ainsi dire jamais. Il passe son enfance en tête-à-tête avec une mère alcoolique, violente physiquement et moralement. J'ai pioché le nom de Fingal dans l'état civil d'Oscar Fingal Wilde dont je venais de relire le *Portrait de Dorian Gray* et je voulais m'inspirer du cynisme parfait de Lord Henry pour en faire le parrain de papier de mon texte.

Le bocal d'Édouard de Fingal serait son hôtel particulier. Tel a été mon point de départ. J'avais un personnage et une idée. J'ai ensuite passé deux ans à élaborer un roman dans ma tête. Deux ans durant lesquels ce petit Édouard venait régulièrement taper à ma porte. Deux ans à construire avec lui le récit de sa vie, à trouver les mots qui me permettraient de l'incarner.

Sans que personne ne connaisse son existence, Édouard est devenu mon ami imaginaire en quelque sorte. Je vivais avec lui, je lui inventais une existence, j'imaginais les détails de celle-ci alors que de mon côté j'étais incapable de régler quoi que ce soit dans la mienne. Je passais plus de temps à organiser la vie d'Édouard qu'à mettre la mienne en ordre. N'est-ce pas une définition de la folie? Ou plus certainement de la bêtise.

Par exemple, je calculais dans ma tête la superficie et la

hauteur sous plafond de son hôtel particulier imaginaire, alors que dans la réalité je dormais dans le canapé du salon de mon frère où, de hauteur sous plafond il n'y avait pas, car il dormait au-dessus de moi sur une mezzanine en bois.

À ces deux ans de réflexion, il me restait maintenant à ajouter deux ans d'écriture.

Depuis longtemps j'avais l'envie, désormais j'avais le sujet.

Élargir le champ des possibles

> *« Quant à savoir s'il aimait le travail, c'était une autre affaire ; même s'il le tenait en grande estime, il n'arrivait pas à l'aimer, et ce pour la simple raison qu'il ne lui réussissait guère. »* Thomas Mann

Avoir une envie, celle d'écrire, un sujet, le syndrome du cyprin doré, s'avérait visiblement insuffisant quand, comme moi, on dépendait de la générosité des autres pour vivre. Les gens acceptent volontiers de vous loger si vous êtes d'une compagnie distrayante et si vous montrez des signes de bonne volonté et d'intégration. L'écriture d'un roman n'est compatible avec aucune de ces deux conditions. Proposer à quelqu'un la solitude d'une grande maison à la campagne pour qu'il aille y écrire n'est pas la même chose que d'héberger un apprenti plumitif sur son clic-clac dans l'unique pièce de son premier studio.

Concernant l'humeur, j'ai fait preuve pendant des années, je crois, d'un enthousiasme débordant et, je l'espère, d'un humour à temps plein. J'ai payé mes loyers avec des sourires et des plaisanteries. Il s'agissait d'être constant. C'était bien la moindre des choses. Les gens qui me logeaient étaient encore jeunes, ils quittaient l'ambiance estudiantine, entraient dans la vie active, je représentais une sorte de prolongement dégénéré de cette période insouciante. Un reliquat de vacances, le sable dans le fond des poches, c'était moi. Ma paresse était passée inaperçue pendant leurs études, je me fondais facilement dans la glande des autres. J'étais glando-compatible, toujours disponible pour distraire un ami entre deux examens.

Durant ma carrière de parasite, j'ai abusé de la générosité de plus de cinquante personnes, mais le temps qui passe a peu à peu épuisé les charmes de cette activité. Je pense parfois que j'aurais mieux fait de trouver un travail à cette époque, que cela aurait été moins fatigant. Mais je me persuadais que j'avais trouvé une mission plus grande que moi, écrire, et je la faisais reposer sur les épaules des autres. Un adage idiot assure qu'on peut souvent compter ses amis sur les doigts d'une main, je n'ai pas assez de doigts pour compter les gens qui m'ont soutenu, accueilli, nourri et à l'occasion, pour leur plus grand désarroi, trouvé un emploi.

J'ai un problème, il m'arrive de faire bonne impression. J'ai le blabla facile, le sourire généreux et, souvent, certaines personnes se laissent impressionner par ce qui n'est que du vent. Je vous assure que j'ai fui le travail une grande partie de ma vie, il m'a hélas poursuivi et il m'a bien fallu céder quelques fois devant cette générosité désespérante. Je savais que j'allais décevoir, je savais que toutes ces histoires courraient au désastre, et pourtant je me laissais employer malgré moi.

Le premier coup de pouce du destin, en l'occurrence celui de mon ami Guillaume, fut déconcertant. Je grenouillais du haut de mon incompétence dans une agence immobilière où je ne vendais strictement rien, je ne parvenais même pas à ouvrir le bureau à l'heure, les jours où j'en avais la charge. J'avais des patrons très sympathiques et très cléments. Néanmoins, dans le privé, personne ne peut se permettre de payer quelqu'un qui n'a aucun résultat. Je voyais bien qu'une conversation pénible, mais indispensable à la survie de l'agence, se présenterait un jour ou l'autre. Alors j'attendais en fumant des cigarettes et en lisant Ouest-France dans mon fauteuil semi-inclinable. J'organisais mes premières semaines de chômage. Pourquoi ne pas aller dans le Sud rendre visite à mon grand-père ? L'arrière-saison en Provence est certainement délicieuse, idéale pour commencer à écrire un grand texte. Décontracté de l'échec. Jusqu'à ce qu'un soir, Guillaume m'invite à dîner en compagnie d'un promoteur immobilier et de son épouse. La soirée est fort sympathique, je paye mon repas en plaisanteries, je bavasse, je fais ce que je sais faire. J'ignorais que ce promoteur connaissait un de mes patrons et, le lendemain, il l'appelle pour lui dire (je crois qu'il s'agit d'une phrase très forte) : je le veux.

Nous nous trouvions dans un cas de figure improbable, puisque devant cette étonnante injonction mon patron s'est montré déçu, un peu vexé même, que je puisse le quitter. Je n'avais strictement rien demandé et mon futur ancien patron commençait à me regretter alors que le prochain salivait à propos de résultats que je n'aurais jamais. C'est un peu, pardonnez-moi la métaphore footballistique, comme si un joueur amateur sans le moindre but à son actif et n'aimant pas trop le foot se retrouvait au cœur d'une bataille financière entre deux clubs prestigieux. En plus de tout ce cirque, j'ai dû subir les mises en garde de Guillaume qui considérait qu'il avait servi d'intermédiaire, d'agence d'intérim, et me refusait le droit à l'échec compte tenu de la caution morale que ce dîner constituait.

La veille encore, j'étais en train d'organiser mes vacances subventionnées aux Baux-de-Provence, j'envisageais d'aller déguster un aïoli avec mon grand-père en Camargue et, sans avoir rien fait ni rien demandé, je me retrouvais avec un CDI dans une société que je n'avais jamais envisagé d'intégrer, une Mercedes de fonction que j'avais peur de conduire et la certitude lourde de bientôt décevoir tous les participants à ce jeu délirant. Il ne me restait plus qu'à parader jusqu'au fiasco final qui n'avait pas tardé.

C'est encore mon ami Guillaume qui, quelques années plus tard, en me voulant tant de bien continua, sans le vouloir, à faire tant de mal au monde du travail. « Charles cherche du personnel pour son restaurant, tu devrais le contacter. » Tout d'abord dépité d'avoir répondu au téléphone, je me suis immédiatement souvenu de mes précédentes expériences dans la restauration. Il m'était arrivé de sévir à plusieurs reprises au poste stratégique de plongeur. La première fois, j'avais eu le sentiment de plutôt bien m'en sortir, recevant les assiettes avec grâce, lavant les couverts tel un virtuose, j'avais beaucoup sué ce qui était pour moi un signe d'efficacité. Las, on m'avait fait comprendre, en me payant, que j'avais abattu en quatre heures le travail qu'un manchot incompétent pouvait boucler en moins de deux heures. Je m'étais senti con avec ces deux billets de vingt euros dans la main. Si con, que l'évocation même du mot « restauration » me coupait le souffle et rendait mes mains moites. Ayant été cueilli à l'improviste par Guillaume, incapable de trouver une excuse sur le moment, j'avais donc accepté de contacter ce Charles. Nous nous étions rencontrés à plusieurs reprises et il m'avait laissé un très bon souvenir. C'était un motif suffisant pour lui téléphoner et lui expliquer que oui, mais non, mais enfin, pas possible. Il comprendrait certainement.

Mon argumentation redoutable s'est effondrée face à son enthousiasme. Il me convoquait pour un essai le lendemain ; je raccrochai, pétrifié. Même ça, je n'y parvenais pas. Je crois avoir rédigé une demi-douzaine de textos pour expliquer que finalement, mais bon, ma grand-mère, ma gorge qui pique, l'apocalypse, j'allais mourir, j'étais déjà mort et que, hélas, pour toutes ces raisons qu'il comprendrait certainement, je ne pouvais pas venir. Je ne sais pas ce qui m'a empêché de les envoyer, la dignité peut-être, la honte surtout.

Il m'accueille dans son beau restaurant, avec son beau tablier blanc, très *à la française*, et là me tient un discours que je crois adressé à quelqu'un d'autre tant il est ambitieux. Il m'explique qu'il a un mal fou à embaucher, qu'il possède un autre restaurant, qu'il cherche quelqu'un comme moi qui pourrait à terme le seconder. Je frémis, je manque de m'évanouir devant ce tourbillon qu'il me propose de vivre. Je rassemble toutes mes forces pour le convaincre qu'il se trompe sur mon compte. Je me dois d'être honnête avec toi, lui dis-je, je suis dyslexique, gaucher, maladroit, j'ai des problèmes d'audition, j'ai passé mon enfance à être engueulé par mon père parce que je n'étais pas foutu de mettre le couvert sans oublier quelque chose, alors vingt tables dans la soirée, plusieurs fois, à toute vitesse, c'est le dépôt de bilan assuré. Ouf, je l'ai prévenu, je suis sincère, voilà ma qualité. Il va m'offrir un café et nous allons nous quitter bons amis.

Mais il ne me croit pas. Il refuse de me croire. C'est un cauchemar. Me voici, moi aussi, avec un tablier blanc à dix minutes du coup de feu. En pensant gentiment me mettre en confiance avec drôlerie, il annonce aux premiers clients : Mesdames et Messieurs vous allez avoir l'honneur d'être servis ce soir par Olivier Bourdeaut. C'est si énorme que je me mets à bégayer. Ces deux couples de vieux me regardent comme si j'étais un super-héros du service, école de Lausanne, frères Troisgros, excellence... Ils doivent s'attendre à ce que je jongle avec les couverts, le menu, les verres. Au lieu de ça, ils subissent calmement mon calvaire. Plus je suis nul, plus ils sont sympas, plus j'ai honte, plus ils sont doux, c'est une torture. Ça dure combien de temps un service ?

Ce soir-là, il n'y a pas beaucoup de monde mais déjà j'ai constaté que le petit brouhaha ambiant m'empêche d'entendre la plupart des recommandations, ordres et demandes de mon *futur associé*. Je fais comme d'habitude, je demande de répéter, ce qui me permet, en plus, de gagner un peu de temps. Charles note bien quelques lacunes mais les met sur le compte du stress et de mon inexpérience. Il est trop aimable, si j'avais été à sa place je me serais foutu dehors à coups de pied au cul.

Trois jours plus tard, Charles m'accueille avec un large sourire : ce soir, on est complet. Il ajoute, je ne plaisante pas : c'est la guerre, on va s'éclater. Je crois déceler dans son regard quelque chose qui n'a jamais existé dans le mien, l'euphorie du professionnel devant l'acmé que représente un travail intense. Et ça me terrifie.

Et c'est la guerre, vraiment. Les bombes explosent partout, les mains se lèvent pour demander du pain, de l'eau, des rations de survie. Il n'y a rien de plus affamé qu'un client français dans un restaurant un samedi soir. Je l'ai déjà dit, je n'entends pas grand-chose, mais dans le charivari permanent de la grande salle d'une brasserie, je n'entends plus rien du tout. Je vois des gens qui lèvent le bras et dont les lèvres font des mouvements. Ces gens formulent des phrases, probablement, puisqu'ils me regardent dans les yeux. Je sens bien qu'ils me veulent quelque chose mais je ne sais pas quoi précisément. Je fais répéter, une fois, deux fois, rarement trois, de toute façon ils abandonnent avec un mélange de chagrin et de haine dans le regard. Je vois Charles tenir sa salle tout seul, ses yeux sont partout, il prend une commande et vérifie que la table d'à côté a bien reçu sa bouteille de vin et que celle de derrière est prête pour les desserts, il adresse un sourire au groupe qui entre dans son établissement et avise d'un coup d'œil les plats qui sortent de la cuisine, puis constate que je ne suis prêt pour rien. Demain, il découvrira qu'en passant l'aspirateur dans l'escalier, j'ai fait tomber un cadre dont la vitre a explosé. Chaque chose en son temps. Je me retrouve avec des bocaux de cornichons dans les mains, je ne sais pas quoi en faire, je trottine derrière Charles, le souffle court, la bouche aussi sèche que le désert de Gobi. Où ranger les cornichons ? Il me répond, je n'entends rien, en bas dans le frigo ou sous le bar ? Je saisis « Ba », je demande une seconde fois, une troisième fois, Charles se retourne et me répète « Ba »... Si je lui demande une cinquième fois, il me bute. C'est en tout cas le message que me font passer ses yeux. Je descends donc tous les pots de cornichons dans la chambre froide.

La dyslexie, entre autres réjouissances, confère à celui qui détient ce super-pouvoir un sens spatio-temporel absolument désastreux. Droite et gauche sont déjà des mots aux destinations troubles quand on est au calme et qu'on a du temps, mais là il s'agit de se repérer dans un dédale de tables avec deux assiettes dans chaque main tandis que tous les clients vous appellent, vous hèlent, vous harcèlent, pour vous commander quelque chose ou simplement réclamer ce qu'ils ont déjà demandé un quart d'heure auparavant. Quand ils vous voient ostensiblement compter les tables en dressant le menton vers chacune d'entre elles, au brouhaha s'ajoute une rumeur que je ne sens pas très favorable à mes talents.

Mais tu fais quoi, là ? me demande Charles dont le point de rupture est désormais atteint. Je compte les tables, répondis-je en sentant le bout de mes doigts devenir si trempés que je crains de voir glisser au sol les deux filets de saint-pierre qui refroidissent gentiment durant l'escale que représente leur passage entre mes mains. Quelle table, me demande-t-il ? La douze. Cinquième à gauche, s'écrie-t-il avant de voir mon menton recommencer à compter à ma droite. Il s'empare des assiettes et ordonne : Va nettoyer les verres ne touche plus à rien, à rien d'autre !

Quel est l'abruti qui a mis les cornichons en bas dans la chambre froide ? hurle un type depuis la cuisine.

C'était donc sous le bar.

Ce service, c'est ma guerre du Vietnam. Nettoyer les verres, c'est ma permission.

Je regarde, j'admire Charles assurer le service tout seul, il vole entre les tables, il encaisse la huit en souriant au client de la treize puis une seconde après, s'enquiert de la qualité du bordeaux qu'il vient de recommander en enlevant quelques miettes de pain sur le bord de la nappe blanche, la purée arrive Madame. J'aimerais tellement être son client. Je suis fasciné et même si ce n'est plus ma guerre, j'ai envie de lui donner un dernier coup de main.

Il reste une grande table de dix personnes. Il est minuit,

je lui dis d'un ton péremptoire « J'encaisse la dernière table » et pour la première fois depuis trois heures, il m'adresse un sourire. Finalement tout n'est pas à jeter, semble-t-il penser.

Et 69 qui font 783 euros. C'est parfait, messieurs-dames ! Merci et à bientôt. Charles salue les derniers clients qui passent la porte et, je ne sais vraiment pas pourquoi, il me demande les tickets pour vérifier que les comptes sont bons. Oh putain, il a oublié deux couverts ce crétin ! De qui Charles peut-il bien parler ? File dehors, et rattrape-les ! Tous ? Oui, tous.

Messieurs-dames, messieurs-dames, il est plus de minuit et je vous invite à revenir dans le restaurant pour une petite séance de comptabilité. Désolé, je suis désolé, hein. Merci de votre compréhension...

Après avoir rattrapé mon erreur, Charles ne m'adresse plus la parole. Je suis épuisé d'avoir fait autant de conneries et je n'en suis plus du tout au stade où l'avis des autres m'intéresse, je veux tomber dans le coma et me réveiller quand plus personne, jamais, n'aura besoin de moi. Personne. Jamais. Je vais fumer une cigarette sur le trottoir. Je vois Charles éteindre les lumières du restaurant, saisir les codes pour enclencher l'alarme, verrouiller les portes puis descendre ce lourd rideau de fer pour finalement y glisser un énorme cadenas, le fermer et mettre la clef dans sa poche.

Il me regarde et comprend immédiatement. Toutes tes

affaires sont à l'intérieur ? Tu es toujours comme ça ? Tu dois être épuisé ? Je réponds oui à toutes ses questions. Cadenas, grilles, portes, lumières, alarmes, récupération du sac, alarmes, lumières, portes, grilles, cadenas.

Charles aura l'élégance de me jeter en automobile à côté de chez moi. Et à ce moment-là, j'étais persuadé que nous ne nous reverrions plus, sauf dans nos cauchemars respectifs.

Si j'en avais eu les moyens, jamais je n'aurais encaissé son chèque de 320 euros et des poussières pour cette semaine de torture générale. C'est idiot comme phrase, car si j'en avais eu les moyens, je n'aurais pas travaillé du tout. D'autant que chacune de mes expériences professionnelles fut un calvaire, pour mes employeurs et pour moi.

La lenteur, l'incompréhension, l'épuisement ont toujours accompagné ma vie scolaire et professionnelle, et quand un jour une activité m'a valu un compliment, j'y ai réfléchi de toutes mes forces, avant de conclure que je devais lui consacrer mon existence.

C'était il y a longtemps, j'avais alors dix-huit ans et je venais d'être éjecté définitivement du système scolaire sans le début d'un diplôme à présenter à l'humanité en général et à mon père en particulier. Il me voyait notaire, je me retrouvais à postuler pour un emploi qui consistait à sortir les poubelles des cages d'escalier et à les vider. Le transfuge de classe est de saison en ce moment mais j'ai bien peur de ne pas l'avoir été dans le sens habituel.

Qui avait bien pu avoir l'idée saugrenue de demander une lettre de motivation pour intégrer une société de nettoyage industriel? Quoi qu'il en soit, je suis sidéré à l'idée de devoir prouver ma motivation et, pour se faire, de transformer ce que beaucoup de gens considèrent comme une punition en un rêve enviable. Comme à mon habitude, je procrastine, je passe des jours à chercher les mots qui prouveront mon désir de travailler au milieu des poubelles.

D'aussi loin que je me souvienne, j'ai toujours rêvé d'intégrer une société de nettoyage industriel. Hanter les sous-sols à la recherche d'un local où se cachent tant de trésors fait partie de mon top 10 des choses à réaliser dans ma vie. Le détritus, c'est ma passion.

Toutes ces phrases cyniques, à la prétention puante, ont tourné dans ma tête pendant des jours. L'incapacité à écrire ce courrier fut à l'origine de mes premières insomnies littéraires. Même ça! me disais-je, même ça, nom de Zeus, je n'en suis pas capable.

Puis je me suis souvenu qu'en pension j'avais souvent été condamné à balayer la cour de récréation durant l'automne. C'est une tâche sans fin, la punition parfaite; avec l'aide du vent, la saison s'acharne à effacer immédiatement le fruit de votre travail. Des feuilles à foison, des feuilles à n'en plus pouvoir, des feuilles qui volent, tombent, planent, des tas tout juste constitués qui disparaissent en un clin d'œil. Vingt fois sur le métier remettre votre ouvrage.

À défaut de motivation, je pouvais au moins me prévaloir d'une expérience indiscutable. Le voici, mon angle. Je trousse mon texte et je ris en l'écrivant. Je le présente à ma mère, qui s'esclaffe elle aussi. La pauvre n'avait pas beaucoup d'occasions de rire, et je n'étais jamais à l'origine de son hilarité. Tu ne vas pas envoyer ça tout de même ?

Deux jours plus tard, je me retrouve dans le plus petit bureau qu'il m'ait été donné l'occasion de fréquenter. Celui du DRH de cette société de nettoyage. Les murs sont couverts de moquette marron, comment l'oublier ? Et cet homme relit, en souriant, des passages de ma lettre de motivation. Il rit même franchement, mais en même temps je sens bien que l'idée de fermer la grande gueule de ce petit bourgeois ne lui déplairait pas. Je suis embauché.

Ma lettre avait suscité une réaction positive et même, miracle, agréable.

Écrire, bon qu'à ça.

Savoir s'entourer

Au dernier moment. C'était une sorte de philosophie, je rentrais toujours de vacances au dernier moment. Cette année-là, j'étais revenu le matin même de la reprise.

Monter prendre une douche, filer au travail.

Une lettre dans la boîte. Licenciement.

Plus de travail, plus d'urgence, plus de douche.

Depuis un an, j'habitais une chambre de bonne dans le centre-ville de Nantes, avec vue sur un mur de crépis gris. L'immeuble était somptueux, les escaliers magnifiques et, ma foi, je peux dire que j'ai été très heureux dans ce petit logement sous les toits. J'avais accepté de travailler pour un marchand de biens véreux pour la seule et unique raison qu'il m'avait assuré que j'aurais tout le temps nécessaire pour écrire et que, évidemment, j'allais aussi gagner plein d'argent. Je lui trouvais des biens, qu'il divisait, rénovait et revendait. Je devais toucher une commission sur la plus-value.

Ce qu'il ne pouvait pas savoir, et c'est la seule chose dont il soit innocent, c'est qu'il m'est impossible d'écrire en ayant une autre activité, qu'il m'est impossible d'écrire en pensant avoir quelque chose à faire. Je ne parviens même pas à réfléchir à ma liste de courses en nouant mes lacets, alors composer ce grand et fabuleux roman tout en travaillant pour un escroc relevait de l'illusion totale.

Je n'ai réussi à produire qu'un seul texte dans ce réduit, il racontait l'histoire d'un jeune homme qui vivait dans une chambre de bonne sans pouvoir payer son loyer et qui rentrait très tard pour ne pas avoir à croiser ses propriétaires, absolument charmants par ailleurs. D'où me venait toute cette imagination ? Bref tout cela était médiocre, le style, le sujet, le personnage et en lisant ma lettre de licenciement dans la somptueuse cage d'escalier, je constatai que même une chambre de bonne devenait hors de ma portée. Je me disais aussi qu'un licenciement à la fin des vacances représentait le prolongement infini de celles-ci, ce qui, au fond, n'était pas pour me chagriner. Ce qui, en revanche, me contrariait un tantinet, c'était cette histoire d'argent que mon désormais ancien patron me devait. Il allait en gagner pas mal grâce à moi et je me retrouvais à la rue à cause de lui. Je parlais seul sous la pluie, en marchant dans le centre-ville de Nantes sous le regard effaré des gens que je croisais. J'avais besoin d'air et une grande envie de meurtre. J'ai rarement eu envie de tuer quelqu'un autant que lui.

Décidément le travail n'était pas fait pour moi. Après tant d'années d'expériences déplorables cela devenait indiscutable : j'étais inapte à l'emploi. J'avais fini en beauté si je puis dire. Pour une fois dans ma vie, j'avais réussi, atteint, et même dépassé mes objectifs professionnels et, pourtant, je me retrouvais dans la rue, sous la pluie, avec une lettre de renvoi détrempée au bout du bras.

Partez en vacances Olivier, à votre retour vous toucherez vos commissions et vous pourrez prendre un plus grand appartement. Cette promesse d'évolution était frappée au coin du bon sens car il m'était physiquement impossible de déménager dans une pièce plus petite que celle où je vivais déjà. Et ma foi, il avait vu juste, mon logement devenait immense puisqu'il s'agissait de la rue. Que de place dans cette vaste maison à ciel ouvert.

À la blessure financière s'ajoutait une morsure d'orgueil. Pour une fois que j'avais des résultats, je ne m'étais pas privé d'en faire la publicité autour de moi. Je ne trouvais pas désagréable de réussir quelque chose et l'assurance de copieuses commissions avait exacerbé mon sens de la communication déjà délirant. En somme, mes créanciers comptaient autant que moi sur le fruit de mon travail, et ceux qui s'étaient réjouis de ma réussite commençaient à douter de la réalité de celle-ci. Mon renvoi allait leur donner raison.

À vingt-huit ans, j'avais depuis peu gagné une semi-indépendance, j'étais presqu'un adulte. J'avais un logement, même si je ne pouvais pas y cuisiner, ni y laver mes vêtements. Alors, en attendant d'être couvert d'or, ma grande sœur Solène m'ouvrait la porte de son frigo ainsi que le hublot de sa machine à laver le linge et à chaque fois que je grimpais les escaliers pour lui rendre visite, je constatai que sans mes frères et sœurs je n'aurais été qu'un sac d'os malodorant. Essoufflé par tant de marches et de gratitude, je m'étais réjoui d'inverser bientôt les flux de générosité avec le fruit de mon travail étincelant. Ce funeste courrier venait interrompre brutalement ce processus de redistribution.

Il m'a fallu abandonner la traque de mon ex-patron au bout d'une dizaine de jours. Quand j'y repense aujourd'hui, je suis bien heureux de ne pas l'avoir trouvé. Il n'était jamais dans ses bureaux et avait déserté le centre-ville ainsi que les cafés qu'il fréquentait habituellement.

En dehors des commissions qu'il me devait, j'avais beaucoup de choses à lui faire payer : ses mensonges, sa fourberie, son avarice, ma naïveté, ma cupidité et une foule d'autres petites aigreurs qui, si elles s'étaient transformées en coups, m'auraient valu des problèmes avec la justice. Plus les jours passaient, plus ma fureur augmentait. *Partez en vacances Olivier, à votre retour...* Cette phrase tournait en boucle dans ma tête et je sentais bien que je devenais fou à lier.

Ma traque était d'autant plus compliquée que j'étais moi-même recherché en quelque sorte. J'avais tout au long de ces années-là développé un vaste système de crédit chez les commerçants. Pas moins de trois buralistes m'avançaient des paquets de cigarettes, et généralement lorsque je savais que je n'allais pas avoir d'argent pendant longtemps, je me faisais noter des cartouches, avant de disparaître dans les vapeurs de mon intégrité, deux boulangers me fournissaient des baguettes et des croissants à crédit, un charcutier-traiteur voyait son petit carnet de comptes s'allonger de sandwichs complets-jambon-mayonnaise-maison et de barquettes en aluminium débordant de piémontaise. Et puis, bien entendu, il y avait les bars, plusieurs bars, beaucoup de bars, ce qui représentait au total une somme colossale. Tous ces commerces se trouvaient dans le même quartier, ils partageaient souvent la même rue et le même trottoir. Je devais donc pister mon débiteur tout en évitant de passer devant mes créanciers. Il me fallait des trésors d'astuce pour déjouer tous ces pièges. Je mettais parfois une demi-heure de tours et détours pour un trajet qui aurait pris quatre minutes à un individu normal.

La Banque de France me traquait, la Banque de Bretagne me traquait aussi à coups de courriers d'huissiers et d'avocats lancés à ma poursuite. Et puis bien sûr, je ne parle pas des dealers qui n'ayant ni vitrine ni adresse sont les plus redoutables, des créanciers mobiles, qui traquent 24 heures sur 24 et 7 jours sur 7. Ma vie devenait un jeu vidéo de moins en moins rigolo. Je devais trouver un type qui me devait 40 000 euros pour rembourser une farandole de gens à qui je devais près de 15 000 euros.

Partez en vacances Olivier, à votre retour vous toucherez vos commissions. Puisque la colère est très esthétique en anglais, je m'écriais les poings levés au ciel : *Where the fuck are you !*

Par quel miracle ai-je pu entretenir une vie sexuelle à cette époque ? Sur quelle base, quel contrat, quelles promesses cela a-t-il pu advenir ? Je n'en sais rien. Ce dont je me souviens en revanche, c'est la générosité avec laquelle l'une de mes conquêtes m'avait confié une MST. Le nom de celle-ci était trop difficile à retenir, tout ce que j'avais compris c'est qu'il s'agissait d'un germe et qu'il pouvait être exterminé en avalant des cachets. Bien d'autres préoccupations requéraient mon attention à cette période de ma vie, j'ai donc reporté cette exécution à plus tard. J'étais décidément attaqué de toutes parts. L'extérieur et l'intérieur m'étaient hostiles. Aucun répit.

Pour rendre notre colocation plus douce, j'avais décidé de lui donner un prénom. C'est ainsi que j'ai vécu en cohabitation avec Germain le germe pendant quelques semaines. Eh bien je peux vous dire que le jour du Jugement dernier, tuer Germain m'a un peu attristé. Il m'avait accompagné fidèlement, écoutant sans jugement mes monologues désespérés, mes rires délirants, ma comptabilité sans cesse ressassée. Dans cette période ô combien périlleuse et contrairement à certaines connaissances, Germain le germe s'est toujours montré à la hauteur. Et croyez-moi, en temps de guerre, il n'est jamais simple de se séparer d'un allié.

Il me fallait disparaître. C'était la seule option. Mais pour aller où ? Mon interdiction bancaire m'empêchait de formuler de grands projets. J'avais passé les vingt-huit premières années de ma vie dans cette ville de Nantes qui représentait dans mon esprit tous les échecs qu'une existence peut offrir : familiaux, sentimentaux, scolaires, professionnels, financiers. Je n'avais strictement rien réussi dans cette ville et je lui jetais sur les épaules, car c'est bien pratique, tous les défauts que j'étais épuisé de porter. Nantes sentait la poisse et le fiasco. Il s'agissait de déguerpir.

Comment oublier la magie de ce jour-là. Je commençais à vider la chambre de bonne de mes effets personnels pour les transférer dans mon automobile, un Renault Espace vert-de-gris, première génération, que la mère d'un ami m'avait généreusement donné l'année précédente – c'était plus utile qu'un germe. Cette voiture était désormais, tout comme moi, criblée de dettes, de contraventions, et affligée d'un contrôle technique obsolète. Avec sa mousse végétale sur le toit, ses toiles d'araignée à l'arrière et sa légère odeur de moisissure, elle avait un peu des allures de maison de campagne. Elle était en tout cas mon unique patrimoine et je la chérissais sans toutefois me réjouir d'avoir à y déposer mon seul meuble, un vieux coffre en bois familial couvert de vignettes au nom de capitales étrangères, reliquats jaunis d'une gloire fanée. Ce n'était pas à proprement parler un déménagement, le déplacement de tout un mobilier d'un logement à un autre, mais ça ressemblait, hélas, bel et bien à un emménagement.

Alors quand mon petit frère m'a téléphoné pour m'annoncer qu'il allait travailler sur le chantier de l'hôpital de Saint-Nazaire et qu'il envisageait de prendre un appartement sur la côte, j'y ai vu, peut-être pas la main de Dieu, mais une sorte de petit miracle. Je l'ai félicité chaudement pour ce chantier pharaonique et me suis réjoui qu'il aille vivre sur cette côte que j'apprécie tant. Au moins des gens que j'aime réalisaient-ils des choses positives et progressaient dans ce dédale monstrueux qu'est la vie. Ça me faisait chaud au cœur tout ça. Puis nous avons raccroché et je me suis retrouvé au même endroit, sur le même trottoir. Le rêve de Xavier s'était évanoui avec la fin de l'appel, fin du partage de la féerie. J'ai frémi de satisfaction pour lui, comme on peut rire une dernière fois d'une plaisanterie entendue une heure plus tôt, un dernier tremblement avant l'oubli.

Les embruns, la plage, les mouettes, le muscadet frais, un Pôle emploi à taille humaine, les huîtres, les places de parking gratuites hors saison, les galettes jambon-œuf-fromage, des commerces vierges de toutes dettes : j'égrenais dans mon esprit toutes les caractéristiques qui, empilées les unes sur les autres, dessinaient la porte du paradis lorsque le prénom de mon frère apparut à nouveau sur l'écran de mon téléphone.

« Tu veux venir vivre avec moi ? »

Je me mordis les lèvres pour ne pas hurler de joie.

« En revanche, si tu viens, tu écris, tous les jours, je ne veux pas que tu passes tes journées à lire sur la plage. Tu bosses. »

Je me mordis les lèvres pour ne pas hurler à l'injustice.

Pourquoi m'obliger à travailler ? Je venais une nouvelle fois d'essayer, ça ne marchait pas ce truc-là.

Je m'entends encore lui répondre : okay okay, tu as raison, il faut que je l'écrive ce roman. Mais intérieurement je me persuadais qu'il allait vite oublier cette mission saugrenue. De toute manière j'étais prêt à promettre n'importe quoi, ma situation et le degré d'urgence ne m'autorisaient aucun chipotage. Et encore une fois, Germain était parfaitement d'accord avec moi.

En feuilletant les annonces immobilières à la recherche d'un appartement pour mon frère, je tombais sur une affaire en or : face au ravissant port du Pouliguen, appartement deux chambres en duplex. Prix attractif.

Allais-je enfin faire une bonne affaire dans l'immobilier ? Moi qui n'avais jamais réalisé le moindre bon coup en dix ans d'exercice sporadique dans ce milieu, moi qui m'étais imaginé un destin de requin blanc alors que je n'étais qu'un éperlan famélique et chétif, allais-je tirer ma révérence sur un coup de maître ? Je me connaissais trop bien pour ne pas tomber dans le piège, il y avait certainement un cadavre dans le placard, un réseau de prostitution dans le garage, une cellule terroriste dans la cave ou de la mérule du sol au plafond, l'immeuble était peut-être même condamné à l'effondrement dans un avenir proche. Xavier m'avait mandaté pour aller rencontrer les propriétaires. Je savais bien qu'il n'avait pas le temps de s'en occuper et que c'était donc par absence totale de choix qu'il m'avait demandé d'accomplir cette tâche.

Finalement, je me suis retrouvé à prendre le thé avec de charmants retraités m'expliquant que le prix modique était justifié par le fait qu'ils reprendraient possession de leur logement deux mois par an, durant l'été évidemment. Dix mois de logement devant moi, c'était la définition de l'éternité.

Je suis retourné récupérer mes dernières petites affaires dans ma chambre de bonne à Nantes. Et c'est ainsi que, profitant d'une arrière-saison délicieuse, Germain et moi prîmes la route en direction de la Côte d'Amour, à bord de notre voiture de l'Espace qui vrombissait de satisfaction en laissant dans son sillage un nuage noir de désastre industriel.

Développer ses talents et ses forces

Voyons ! Je ne peux pas rouler mes cigarettes en tapant sur le clavier. C'est impossible, ai-je argumenté en joignant le geste à la parole.

Un immense vertige s'est emparé de moi quand j'ai compris que Xavier comptait fournir toutes les conditions à la réalisation de mon projet d'écriture. Je faisais partie de cette élite évanescente pour qui la formulation d'un objectif est plus satisfaisante que sa réalisation. Et quand après m'avoir invité sous son toit, m'avoir proposé son ordinateur, il a fait sauter ma dernière objection en m'assurant un paquet de Marlboro par jour, j'ai dû me rendre à l'évidence : ce roman devait être écrit, ce texte allait exister.

Et c'est devant cet ordinateur, en fumant Marlboro sur Marlboro, que je réalisai l'ampleur de la tâche. J'avais l'intention d'accompagner mon personnage, Édouard de Fingal, de l'âge de cinq ans à celui de vingt-cinq et, c'est le premier miracle, j'avais réussi à estimer la longueur du texte avec la plus grande précision sans bien savoir comment. J'avais calculé (sur quelle base ?) que cette histoire s'étendrait sur cinq cents pages. Selon le nombre d'années, de scènes, de chapitres, mes calculs étaient implacables : ce roman à défaut d'être un grand texte, serait un gros livre. C'était déjà pas mal. Mon premier réflexe, et je n'aurais pas dû, fut de chercher dans ma bibliothèque à quoi pouvait bien ressembler un roman de cinq cents pages. J'avais une petite idée bien sûr, il m'était arrivé d'en lire, mais ce n'est pas tout à fait la même chose de regarder un plongeoir d'en bas que d'en mesurer la hauteur posté sur la pointe des pieds, là-haut, tout au bord, avec les genoux qui s'entrechoquent.

Oh là là, mon Dieu, mais qu'avais-je dit. Pourquoi avoir annoncé un truc pareil ? Je caressais la tranche du livre en grinçant des dents. Et si je ne racontais qu'un an de la vie d'Édouard ? Ce serait bien suffisant. Ses cinq ans, sa rentrée scolaire, sa première journée de classe, ses parties de balle au camp et juin arrive, il fait doux, nous avons bien travaillé tous les deux. Bonnes vacances. Fin. Je pourrais retourner me promener sur la Côte Sauvage, sauter de rocher en rocher comme j'avais commencé à le faire la veille. Excellente activité pour se vider la tête.

Et puis il s'était mis à pleuvoir. Et puis mon frère m'avait téléphoné en me demandant combien de pages j'avais déjà rédigées. Ces deux coups de fouet m'avaient réveillé. J'étais ruiné, j'étais endetté, j'étais fiché, je n'étais pas déclaré dans ce logement, j'avais disparu pour les banquiers, les huissiers, les avocats, je n'existais plus. Jamais la vie ne m'offrirait, à nouveau, un tel trou noir. Jamais une autre personne que mon petit frère ne me procurerait un toit, un ordinateur, du café et des cigarettes. Jamais un tel concours de circonstances ne se reproduirait.

J'étais un raté absolu. Il devenait indispensable que je trouve un intérêt à mon crépuscule. J'avais une chance inouïe et j'étais en train de pleurnicher. Au travail.

Une méthode et des objectifs. Ma propension à la paresse devait être combattue, il me fallait à tout prix sortir de ma routine lymphatique. Je décidai donc de me mettre à écrire très tôt pour casser mon rythme, pour que ma petite cervelle comprenne bien qu'une nouvelle vie commençait, qu'il se passait quelque chose. Cinq heures du matin me semblait l'heure idéale. Quant à l'objectif, fixé au doigt mouillé, de trois pages par jour, c'est encore celui que je m'impose aujourd'hui. Le cadre étant défini, je me suis assis. J'ai tapé un premier mot sur le clavier. Et, miracle, ça a marché.

L'enfer quotidien du petit Édouard se dessinant sous mes doigts vicieux m'ouvrait les portes du paradis chaque matin. Ses chagrins me faisaient du bien. Ce petit garçon innocent devait d'abord être détruit par sa mère pour ensuite tout détruire autour de lui. Voilà mon idée : je voulais créer un anti-héros détestable qu'on ne parviendrait pas totalement à détester.

Il lui fallait bien évidemment des circonstances atténuantes : une enfance en tête-à-tête exclusif avec une mère violente, raciste et alcoolique, les parois d'un bocal – l'hôtel particulier autant que son atmosphère délétère – qui allaient empêcher sa conscience de se développer, et puis, au fil du temps, sa volonté de faire le mal sans y parvenir tout à fait. Ses plans échoueraient lamentablement, ou mieux encore, se retourneraient contre lui, ce qui ne manquerait pas de le rendre attendrissant.

En écrivant cela aujourd'hui, je réalise à quel point l'idée de départ était audacieuse, et que de cette audace j'ai poussé tous les curseurs, je ne me suis jamais censuré. Édouard allait devenir comme sa mère, en pire. Plus j'irais loin, plus la chute serait époustouflante.

Enfin ça, c'est ce que j'avais élaboré dans ma tête.

Chaque jour j'écrivais une miette de ce que j'avais imaginé et, pour la première fois de ma vie, je n'étais pas accablé par l'ampleur de la tâche : « Ouais ouais, voyons voir, c'est bien cool tout ça. Allons-y. »

Évidemment, il ne faut pas être grand clerc en psychologie pour comprendre que me plonger dans l'immense merdier de l'existence d'Édouard tous les matins m'empêchait de penser au mien. À côté des ennuis de mon petit personnage, les miens devenaient dérisoires. Chaque jour je m'enfonçais dans un trou de plus en plus sombre et répugnant. Et j'aimais ça.

Quelle relation étrange nous avons eue, mon frère et moi, durant ces deux années. Comme il conditionnait mon hébergement à l'écriture du roman, tous les soirs en rentrant de son chantier, il commençait par enlever ses chaussures puis, en se roulant une cigarette, me demandait combien de pages j'avais pondues dans la journée. Eh bien, aujourd'hui encore, je me souviens de mon embarras lorsque je n'avais pas atteint mon objectif quotidien. J'avais le sentiment de voler la confiance qu'il avait mise en moi. Chaque matin je le voyais partir dès l'aube pour aller gagner notre vie, je passais une tête par la porte pour lui souhaiter une bonne journée, c'était le premier rituel. Il me répondait travaille bien. Et le soir, il s'enquérait du nombre de pages.

Je ne parle pas ici de simples feuilles format A4. Non, non. J'avais élaboré mon propre système de calcul. Pour cela j'ai pris cinq romans dans la bibliothèque et, dans chacun, j'ai ouvert deux pages au hasard dont j'ai compté le nombre de mots, j'ai fait une moyenne et je suis arrivé au chiffre magique de 240 mots par page. Il me fallait donc écrire 720 mots par jour pour pouvoir répondre dignement à la question de mon petit frère.

C'est peut-être cela devenir adulte, je n'en sais rien, mais lorsque je n'atteignais pas cet objectif chiffré, je passais une journée épouvantable. Comment appelle-t-on ça déjà ? La mauvaise conscience, oui voilà, c'est ça. J'avais ce sentiment tenace et désagréable de ne pas être à la hauteur de ce que je devais faire et devais être. C'était tout nouveau pour moi. Alors chaque jour je calculais le nombre de mots et si, par exemple, je terminais mes heures d'écriture avec un résultat de 2,67 pages, eh bien, le lendemain, pour pouvoir me regarder dans le miroir, il me fallait absolument écrire 3,33 pages pour être serein. Ma vie devenait une annexe, sans caméra ni public, de l'émission Des chiffres et des lettres.

Hormis Xavier, je ne voyais personne de la semaine. J'étais seul dix heures par jour et comme je n'avais pas un centime, je ne pouvais même pas aller prendre un café sur le port. Mon frère se saignait en travaillant dur, je ne me voyais pas en plus lui demander de m'avancer de l'argent de poche pour mes menus plaisirs. J'avais déjà obtenu des Marlboro à la place du tabac à rouler, il ne fallait pas exagérer. J'écrivais le matin, puis j'allais marcher sur la Côte Sauvage, sauter de rocher en rocher, car cette activité avait deux vertus : elle me faisait du bien et ne coûtait rien. Alors je sautais, je sautais, je sautais.

Cela me paraît évident aujourd'hui, je devenais fou. J'ai commencé par me gratter les poignets, puis par me frotter les flancs. Je passais mes nuits dans la vie d'Édouard, à lui construire un univers fangeux, et le matin je me réveillais pour écrire avec les poignets et les flancs en feu. Bref, je m'abrutissais dans la solitude et le silence en comptant les pages, 2,81/3,19/2,18/3,82, et je sautais, je sautais, je sautais.

Ma condition financière ne m'autorisait pas non plus le luxe d'un forfait téléphonique régulier. J'avais donc souscrit un abonnement fragile chez Lebara Mobile, un opérateur confidentiel qui m'imposait de garder quelques centimes sur mon compte pour continuer à recevoir des appels. Je m'évertuais à biper les gens dans l'espoir qu'ils me rappellent, mais lorsque je tombais sur leur messagerie, mes trois derniers centimes s'envolaient et je perdais toute possibilité de communication. J'étais donc déconnecté dans tous les domaines et si, comme beaucoup de stations balnéaires, le Pouliguen connaît une croissance démographique délirante pendant les vacances scolaires et certains week-ends, le reste de l'année son activité a la vitalité d'une flammèche sous les attaques d'un crachin vicieux et glacé de novembre. Jamais l'expression *pas un chat* n'avait aussi bien porté son nom. Le soir, il m'arrivait d'aller fumer une cigarette en déambulant au cœur de ce beau village granitique sans jamais croiser un félin, même noir, même rachitique, même mort. Il me restait la compagnie d'Édouard, mais son quotidien n'étant pas folichon non plus à ce moment du texte, je n'avais rien à espérer de sa conversation, fors du cafard et de l'acidité.

Tout ne pouvait pas disparaître. Il restait des choses éternelles et non négociables dans ma vie : la météo, les reflux gastriques, le linoléum gris-marron de la cuisine, les insomnies, les pâtes au thon et aux oignons. La fin de semaine en faisait partie. Certains de mes amis venaient profiter de leur maison de vacances cachée dans les pins. C'était le dernier charme discret de la bourgeoisie auquel j'avais accès. Je débarquais souvent avec cinq jours de conversation coincés dans mon gosier et, en l'humidifiant abondamment, je tentais de restituer toutes mes émotions en peu de temps. Je finissais donc souvent par rouler sous la table en balbutiant des histoires de chats, de rochers et en bafouillant à propos de ma nouvelle vocation de chimpanzé avant de m'endormir lamentablement. J'ai souvent, à cette époque, présenté une définition précise de la mauvaise cuite.

J'avais beaucoup disserté sur mon projet d'écriture lorsque je n'écrivais rien mais, étonnement, depuis que je m'y étais réellement mis je me faisais discret sur mes activités. Pas ce soir de mai où le vin blanc frais, une brise tiède et la fréquentation de bons amis m'avaient rendu moins pudique. Une jeune fille charmante, que je ne connaissais pas, s'est approchée de moi et, au fil de la conversation, m'a demandé ce que je faisais dans la vie. Enhardi par l'intérêt autant que par le muscadet, je me lance en expliquant que j'écris un roman depuis quelques mois. Intriguée, elle m'interroge, quels cours j'ai fréquentés à la Sorbonne, quel maître m'a dispensé ses lumières, et je lui réponds le plus simplement du monde que j'ai bac moins trois, que de cours je n'ai jamais pris ni de maîtres fréquentés, hormis, bien entendu, dans les livres que j'ai lus. Je revois sa bouche s'ouvrir progressivement pour en faire sortir le rire le plus monstrueux de Loire-Atlantique. Il ne semble jamais vouloir cesser. Elle rit à se déchirer le visage, c'est en tout cas ainsi que je l'ai revue dans mes cauchemars pendant des jours, des semaines.

Voilà ce que méritait ma vie à cette époque : un immense éclat de rire.

Pour compléter le tableau, je me suis enfui de cette soirée en oubliant mon téléphone sur une banquette. Je suis rentré de Pornichet à pied en prenant ce remblai que j'aime tant, j'ai marché deux heures pour atteindre mon appartement avant de m'en apercevoir.

Mon frère était parti en vacances à cette période-là et j'ai passé les huit jours suivants seul en compagnie de mon petit Édouard dont l'existence était aussi grotesque que la mienne. Lorsqu'à la fin de la semaine j'ai pu récupérer mon téléphone, je suis rentré chez moi, je l'ai rechargé, je l'ai allumé, je l'ai regardé, longtemps, très longtemps, j'ai même dormi avec. Le lendemain matin j'ai bien dû me rendre à l'évidence : en huit jours, personne n'avait tenté de me joindre. En huit jours, personne n'avait pensé à moi. Alors je suis allé faire ce que je faisais le mieux : sauter.

Saisir les opportunités

Après un an de pauvreté absolue, un avocat, payé par l'aide juridictionnelle, avait réussi à extirper 17 000 euros des poches de mon ancien employeur et l'arrivée de cette manne financière coïncidait avec le moment où l'antihéros de mon roman venait, lui, de toucher l'héritage de ses parents : quelques dizaines de millions. Alors forcément, l'un et l'autre avions trouvé dans notre pactole un peu d'air pour respirer, sortir le nez du purin. L'été arrivait, mon vagabondage allait reprendre pendant deux mois et je n'étais pas mécontent d'avoir de quoi le subventionner. Je n'avais jamais vu autant de chiffres sur mon compte avec le signe plus devant et j'ai eu tellement peur de les voir disparaître, ou saisis, que je les ai virés immédiatement sur le compte de mon petit frère à qui j'en devais une partie.

J'avais accouché de la moitié de mon roman, j'avais récupéré un peu moins de la moitié de ce qu'on me devait, les parents d'Édouard venaient de mourir dans des circonstances atroces, c'était l'été, il faisait beau et doux, nous étions riches tous les deux. Nous étions heureux. Il s'agissait d'en profiter. C'est ainsi que mon personnage et moi sommes partis pour Ibiza. Bien entendu nous ne sommes pas descendus dans le même hôtel et nos états d'esprit étaient différents. J'étais soulagé à plein d'égards, mon travail avançait bien – deux cent cinquante pages ce n'était pas rien –, j'avais pu régler une partie de mes misérables petites dettes, mes flancs et mes poignets me démangeaient moins et, mieux encore, mes quelques lecteurs considéraient, étonnés, que mon texte était cohérent, voire parfois intéressant et drôle. Je n'avais pas rêvé : grâce à ces pages, mon année 2010 avait réellement existé dans ma tête et dans celles de quelques autres. Édouard, quant à lui, allait mettre ses millions à profit pour mener la vie la plus abjecte possible. Notre destination de vacances était la même, seules variaient nos intentions.

Si, depuis ma serviette, j'imaginais Édouard sur les plus grands yachts qui frayaient le long des côtes *ibicencas* et si je pensais l'apercevoir, parfois, au bras des plus belles filles des boîtes de nuit, je suis certain d'avoir partagé un coucher de soleil avec lui au Sunset Ashram à Cala Conta. Nous avions commencé, tous les deux, par nous moquer de ce hippie avec des hiéroglyphes tatoués sur un dos aux allures de vieux parchemin. Bercé par une musique électronique de plus en plus forte et diabolique, notre grimoire humain avait pris la position du flamant rose en invoquant de probables divinités hindoues. Il dodelinait de la tête et balançait ses longues tresses en attendant que le soleil disparaisse derrière un rocher, au large, qui semblait flotter au cœur d'une mer rose et calme. Et soudain, ce qui était grotesque quelques minutes auparavant devenait féerique. Même les applaudissements et ce salut au soleil, qui auraient dû nous arracher, à tous les deux, un éclat de rire gigantesque, avaient fait naître un peu d'humidité au bord de nos yeux alcoolisés. Édouard avait réglé ses bouteilles de champagne, j'avais payé mes verres de *verdejo* et sans un mot nous nous étions séparés. Je le retrouverai au Pouliguen à la rentrée, d'ici là chacun devait vaquer à ses activités.

Je passais le reste de l'été à papillonner à droite à gauche en constatant que, pour une fois, la perspective de la rentrée ne m'effrayait pas autant que d'habitude. J'étais même plutôt heureux et impatient à l'idée de m'y remettre – c'était affreux, je devenais adulte et responsable – mais avant de me plonger à nouveau dans mon texte, j'eus l'idée saugrenue de me demander combien l'écriture pouvait rapporter. Ce genre de curiosité est si fortement déconseillée avant de se mettre à son bureau, pour une durée de dix mois qui plus est, que cela devrait être interdit par la loi.

Aussi étonnant que cela puisse paraître, je n'avais jamais associé ce travail à l'argent. Et j'avais bien fait. J'aurais dû rester dans l'ignorance. Était-ce même un travail d'ailleurs ? J'avais eu l'année précédente de nombreuses joutes verbales avec un ami qui me soutenait qu'écrire comme ça, dans son coin, n'était rien de plus qu'un loisir. Dans ce cas-là nous étions face à un loisir dévorant et éreintant, un peu comme le travail finalement.

L'argent donc. J'avais fréquenté pendant quelque temps un garçon très drôle qui, à la fin de chaque dîner au restaurant, demandait en souriant : *C'est bien beau tout ça, mais comment qu'on fait pour l'argent* ?

Voilà précisément ce que je cherchais sur Internet. *C'est bien beau tout ça, mais comment qu'on fait pour l'argent* quand on écrit un livre ? Et si les réponses pullulent sur Google, elles sont toutes, mais alors toutes, très décevantes. Hormis, bien sûr, celles apportées par de pseudo-éditeurs qui vous proposent de payer vous-même l'édition de votre texte, puis son impression, puis sa promotion, puis le stockage dans votre salon, puis les réductions de prix appliquées aux pauvres amis qui auront la malchance de demander ce que font ces piles de livres dans votre séjour et qui est cet auteur qui porte le même nom que le vôtre. Ce qui revient à vous promettre monts et merveilles avec vos propres sous. Merci c'est gentil de votre part, il ne fallait pas. Ayant déjà payé de mon temps, je n'envisageais pas du tout de payer, avec le peu d'argent qu'il me restait, le salaire d'une bande de margoulins. Dans ce domaine j'avais déjà donné.

Après des heures de recherches, d'analyses, de cabrioles comptables, de *oh*, de *ah*, de *mon Dieu*, de *merde alors*, j'ai dû me rendre à l'évidence. Si mon livre se vendait à 500 exemplaires comme la majorité des premiers romans, et que je touchais sur chaque exemplaire un pourcentage de 8 % comme il est d'usage pour la plupart des premiers romans, j'encaisserai au final 640 euros pour deux ans de travail, soit 320 euros par an, soit 26,66 euros par mois, soit 0,89 euro par jour.

Soit cinq fois moins qu'un travailleur du Bangladesh.

J'étais hébété et déambulais dans l'appartement en me demandant combien de jours de travail représentait l'achat de tel ou tel objet. Il me fallait au moins dix jours d'écriture pour pouvoir me porter acquéreur d'un paquet de lessive, sans rien consommer d'autre. Tant pis, je sentirai mauvais. De toute façon je ne voyais personne, la lessive était donc un luxe superfétatoire. J'étais en train d'éliminer progressivement tout ce qui avait trait à la vie quotidienne quand mon frère, en rentrant, me demanda : combien de pages aujourd'hui ? 0,89 euro par jour, lui répondis-je avant de me réfugier dans ma chambre. Je vais dormir, c'est gratuit, et s'il te plaît ne jette pas tes mouchoirs à la poubelle, je vais en avoir besoin.

Des coups d'accablement, j'en avais connu. J'en avais fréquenté, des états de déréliction absolue, mais cette fois il était costaud. Il était impossible d'envisager vivre avec ça, ni même survivre. Même en allant m'installer dans un pays très très pauvre, je ne pourrais pas me nourrir grâce à ce métier qui m'avait occupé un an et qui allait remplir mon agenda pour l'année à venir. Je me souvenais de ces génies absolus qui avaient vécu dans une misère totale en attendant de percer, je pensais surtout à ces peintres ou à ces sculpteurs qui donnaient des toiles, des dessins, en échange d'un repas chaud. J'imaginais déjà le visage déconfit de Mamie Coquillette, qui tenait le bar sur le port, si je lui proposais mon roman en échange de cafés et de croissants. Un tableau s'accroche, s'admire en un coup d'œil, c'est simple, ça peut même parfois se revendre à un prix intéressant, alors qu'un manuscrit de cinq cents pages, il faut se le farcir avant de savoir combien de cafés allongés il peut valoir. Sans compter qu'il est inenvisageable de le revendre. De toute manière je divaguais, mon œuvre n'était à cette époque-là qu'un fichier sur un ordinateur et les NFT n'existant pas encore, mes réflexions étaient aussi vaines que futuristes.

Je me souviens m'être enivré copieusement puis, au réveil, avoir décidé de mettre un coup de pied au cul de la raison. J'allais terminer ce foutu texte, coûte que coûte. Je croyais comme jamais à cette histoire et à Édouard. Et c'est à ce moment-là que le destin m'a envoyé un signe.

Revoilà mon ami Guillaume, celui qui me trouvait plein d'emplois pour me dépanner. Cette fois, c'est lui qui a besoin d'aide, de soutien, j'allais dire d'une oreille pour écouter ses malheurs mais quand on connaît l'état des miennes... Je lui proposais plutôt mon épaule. Sa femme Juliette et lui m'ont tendu la main comme peu de gens l'ont fait, me considérant comme un membre de leur famille, comme un enfant même, ce qui démontre l'état de la générosité dont ils ont pu faire preuve et la volonté d'infantilisation que j'inspirais aux personnes que je fréquentais. Ils se sont même pointés au commissariat de Waldeck-Rousseau à Nantes, une nuit où j'y croupissais, pour payer ma caution comme si nous nous étions trouvés dans un pueblo au fin fond du désert d'El Paso, Texas. C'est vous dire le degré d'amitié et parfois d'ébriété qui nous liait. Guillaume est ce qu'on appelle un ami de grande valeur.

Quoi qu'il en soit, ce couple n'avait jamais été convaincu par cette histoire d'écriture, ils m'avaient fortement déconseillé cette voie qui, comme je venais de le calculer, était une impasse, au moins financière. Et comment le leur reprocher ? Tout cela n'était pas guidé par la méchanceté, au contraire, mais par l'inquiétude de me voir disparaître dans ce fameux trou noir au fond duquel j'étais bel et bien désormais.

Enfin, ce jour-là, il avait pris le temps de lire quelques pages et, se trouvant lui-même dans une position compliquée, il paraissait plus enclin à écouter mes délires de gratte-papier.

Je comprends mieux maintenant, me dit-il. Ces premiers chapitres sont pas mal du tout. Tu as peut-être raison finalement, ajoute-t-il alors que nous entrons sur la terrasse de la Voile d'Or, un restaurant face à la plage du Pouliguen où il souhaite m'inviter. C'est horrible à reconnaître, mais je me suis dit que grâce à ses problèmes, j'allais bien déjeuner. Nous discutons des malheurs qui l'occupent. Un bol de bulots mayonnaise, s'il vous plaît. Des tracas qui le minent. Une entrecôte-frites, s'il vous plaît. Des soucis qui l'agitent. Sauce roquefort, avec l'entrecôte, oui, une sauce roquefort, merci ! Des solutions qu'il va lui falloir trouver. Un autre Coca-Cola, oui c'est parfait, plein de glaçons, hein ! De cette envie de crever qui l'habite. Monsieur, Monsieur, un peu de sel s'il vous plaît. Oui, oui je comprends, dis-je la bouche pleine. Et pourquoi pas ? Excuse-moi, tu disais ? Ah oui, crever, c'est ça, c'est ça. Mais ce n'est pas bien du tout ! m'exclamais-je en postillonnant des miettes de son pain. Il ne faut pas dire ça, voyons Guillaume, ressaisis-toi un peu, lui ai-je conseillé en lui posant la main sur l'épaule.

Quand il se penche vers moi tout d'un coup, je crois qu'il veut me rouler une pelle par désespoir. Je ne sais pas moi, avant de se foutre en l'air, tenter des trucs.

Et là, il me susurre non pas des mots doux, mais le nom d'un écrivain. Est-il en train de me comparer à Marc Levy ? Quelle partie de mon manuscrit lui a-t-elle suggéré ce rapprochement ? Je n'ai jamais rien lu de cet auteur mais ce que j'ai entendu dire de son travail ne correspond pas à la flaque d'acide que je fais couler tous les jours sur mon papier. Guillaume me répète encore plus bas le nom de l'écrivain et me fait des signes du menton.

Doux Jésus. Marc Levy est à la table d'à côté avec une femme qui ne semble pas être la sienne, plutôt une relation professionnelle. Son agent peut-être ? Je tends l'oreille mais celle-ci refuse de m'informer de quoi que ce soit sur la nature de leur conversation. Punaise, le meilleur vendeur de livres de l'Hexagone est mon voisin de table. Ce n'est pas rien ! J'essaie d'estimer le nombre de paquets de lessive qu'il peut s'offrir par jour. Ce doit être vertigineux. Ce grand monsieur est *no limit* sur la lessive. Et sur plein d'autres produits essentiels aussi, du moins j'imagine.

À cette époque, Marc Levy n'avait pas encore cette magnifique barbe poivre et sel qui lui confère un charme à nul autre pareil. Il avait encore des cheveux sur le front, enfin il était comme tout le monde, beaucoup plus jeune qu'aujourd'hui. Il n'en restait pas moins impressionnant. « The » Steven Spielberg avait flingué son carnet de chèques pour adapter *Et si c'était vrai* au cinéma. Dès son premier roman, Marc Levy avait commis un *maxi best of*, et je travaillais justement à l'écriture du mien. L'élite littéraire se trouvait à deux mètres de moi, en train de retirer un nerf de faux-filet coincé entre ses dents d'écrivain. Alors que Guillaume égrène, à haute voix, toutes les façons de se suicider, je me prends à rêver. Et si Marc Levy devenait, peut-être pas mon père, mais au moins mon parrain ? Je vois déjà une de ses phrases percutantes sur la couverture de mon roman à la FNAC : *Olivier Bourdeaut a inventé le anti-héros détestable qu'on ne parvient pas totalement à détester. Ce livre est un chef-d'œuvre et, aussi, bien sûr, mon livre de chevet. Achetez-le en plusieurs exemplaires. Merci. Marc Levy.*

Sauter d'une falaise de la Côte Sauvage, m'immoler au diesel, foncer dans un mur avec ma voiture... Oh écoute, tu me bassines avec ton passé, mon avenir est à la table d'à-côté en train de manger une île flottante, pour une fois que j'ai de la chance, tu pourrais t'effacer un peu, enfin merde ! Bien sûr, je ne lui dis pas ça. Je lui suggère les médicaments qui sont, comme chacun sait, beaucoup plus rapides, discrets et surtout bien moins coûteux. Tandis que Guillaume cherche l'adresse de la pharmacie la plus proche, je vois Marc Levy se lever et je décide qu'il est temps d'agir.

De manière fulgurante, un plan s'impose comme une évidence. Je vais lui faire part de mon admiration pour son travail, lui dire que moi-même je suis de la partie, un collègue transparent pour le moment, pour le moment seulement. Après m'avoir dévisagé – ma peau burinée par le soleil, les relents de mon ivresse de la veille, ma voix rauque – il s'exclamera à l'intention de son agent : Voici le Hemingway pouliguennais ! Ne ratons pas cette occasion et ramenons-le à Paris pour lui faire signer le contrat qu'il mérite. Ce à quoi je m'apprêtais à répondre qu'il faudrait quand même, avant, déposer mon ami à la pharmacie. Il s'agissait de ne pas le laisser tomber.

Mais mon confrère n'avait absolument pas ce scénario en tête et lorsqu'il chercha sur la table un support pour me gratifier d'un autographe, il tomba sur une serviette en papier qui fit baver instantanément l'encre de son feutre. *Tous mes vœux d'écriture. Amitiés. Marc Levy.* La formule, à défaut d'un numéro de téléphone, constituait une sorte de *master class* de l'autographe. Il n'y avait rien à dire, c'était clair, c'était net, j'étais bel et bien en face d'un professionnel.

Il me restait son agent ou son éditrice qui, au moment où je me tournai vers elle, venait de glisser la main dans son sac à la recherche d'une carte de visite. Je la fixai, bouche ouverte, cherchant la repartie parfaite, un truc ferme et volontaire. Vous pouvez compter sur mon appel bientôt.

De son sac, elle sortit un étui à lunettes, de cet étui elle sortit des lunettes, qu'elle chaussa et, sans même me regarder, prit la direction de la sortie.

Il ne me restait plus qu'à rejoindre Guillaume à la pharmacie du port.

Rester calme et serein

À part les assiettes des autres, terminer quelque chose n'était pas dans mes habitudes. C'est certainement la raison pour laquelle je me suis effondré en larmes à l'écriture des toutes dernières phrases de ce fameux manuscrit sur lequel j'avais passé tant de temps.

441,51 pages. J'avais connu pour la première fois de ma vie, une période d'euphorie professionnelle. D'attendrissant durant son enfance, Édouard était devenu déroutant puis ingérable avant de finir monstrueux. Chaque bombinette que j'avais semée dans mon histoire depuis le début venait d'exploser dans les derniers chapitres, offrant à la fin de mon texte les joies visuelles d'un bouquet final. C'est en tout cas ainsi que je me le figurais. Tout n'était que flammes, chaos et déchéance. Mon pauvre Édouard avançait dans le brasier de sa vie, sans quête ni but, l'idée qu'il se faisait du monde et de l'existence partait en cendres. Enfin j'avais réussi. Et ça m'avait fait pleurer une journée entière. Me séparer de mon personnage était déchirant, mais savoir que je risquais d'être le seul à déplorer cette perte me tirait des sanglots difficiles à refréner.

Et maintenant ?

J'avais bien dû mettre cette histoire de 0,89 euro par jour de côté pour garder la force de continuer, mais je savais que ce chiffre correspondait à une réalité, et que ce serait même un luxe s'il m'était proposé en échange de mon travail. Cela participait de mon tourment ce jour-là, j'avais flingué la vie de mon petit personnage pour une somme dérisoire. Et, l'espace d'un instant, j'ai aussi pensé à l'assassinat de la mienne. J'étais une sorte de tueur à gages *low cost* et à bout portant, qui n'avait même plus de mouchoirs en papier pour se nettoyer le visage.

Mon petit frère venait de se voir proposer un poste de conducteur de travaux à Vannes et, pour diverses raisons qui tiennent autant à la décence qu'à une volonté d'indépendance, il était inenvisageable que je continue à habiter chez lui. Notre collaboration allait bientôt toucher à sa fin. Mais avant ça, il tenait absolument à ce que j'atterrisse dans le monde réel, en douceur, après mes deux ans passés sur un nuage, dans la peau d'un personnage hideux et richissime qui volait de palaces en villas futuristes, du Vietnam à la Colombie, des beaux quartiers de Paris au Gotico de Barcelone...

... Saint-Nazaire. Il me proposait un poste sur le chantier de l'hôpital de Saint-Nazaire ! Mais bien sûr, m'exclamais-je étourdi par cette perspective aussi mirifique que prometteuse. Mais bien évidemment, dis-m'en plus, ajoutai-je tandis que je cherchais la fenêtre la plus proche pour procéder au saut définitif.

Pour trouver la force d'écrire, je m'étais projeté dans le confort élégant d'un grand hôtel de Saint-Germain-des-Prés, répondant avec humilité aux questions de la presse littéraire internationale. *Écrire un chef-d'œuvre ? Une évidence depuis l'enfance. J'étais, si je puis dire, programmé pour cela.* Combien de journalistes littéraires allais-je pouvoir croiser à l'hôpital de Saint-Nazaire ?

Et d'ailleurs qu'attendait-on de moi dans cet hôpital ? Mon frère m'expliqua que les cuves d'eau s'étaient remplies de sable et que celui-ci coulait des robinets, ce qui, pour un bâtiment de santé, semble un peu osé osé : la sablo-thérapie n'ayant, jusqu'à présent, apporté aucune preuve de son efficacité. Je serais donc embauché comme ouvreur de robinets pour vidanger le sable de ces fameuses cuves. Je me mis alors à pleurnicher – de joie sans doute.

Mais je savais que j'avais besoin d'argent pour imprimer mon manuscrit et me rendre à Paris afin de le déposer dans les plus prestigieuses maisons d'édition, qui n'attendaient que moi pour finaliser leur rentrée littéraire.

Je m'étais imaginé enfiler mes plus beaux souliers cirés, ma plus blanche chemise et ma veste en velours bleu marine pour arpenter le Quartier Latin, et la vie se chargeait de les transformer en godillots renforcés, en marcel et en combinaison pour pointer sur un chantier. C'est donc dans d'innombrables couloirs peints dans d'improbables couleurs pastel, tous semblables, que je célébrais la fin de l'écriture de mon roman. Le peu d'estime de moi que j'avais tiré de cette grande mission a coulé avec le sable de ces centaines de robinets ouverts puis fermés. Cependant, cet emploi me permettait d'oublier que j'attendais depuis deux semaines des nouvelles de l'amie d'un ami qui travaillait chez un éditeur parisien. Depuis que j'avais appuyé sur « envoi », je consultais ma messagerie des dizaines de fois par jour. Après ces longs mois d'écriture, la raison et la patience m'avaient quitté, je devais m'imaginer qu'une éditrice parisienne était en mesure de lire 441 pages en quelques jours. Elle n'avait certainement que ça à faire de sa vie d'éditrice, me lire.

J'avais misé beaucoup sur ce projet à la con. J'avais même tout misé, refusant de penser à l'après. Dans l'attente, ma vie n'était que vide et fumée. Jusqu'à ce qu'un vendredi soir – je m'en souviens comme d'un tremblement de terre – je reçoive ce message :

Bonjour,

Votre patience a peut-être des limites ! Je lis dès que je peux votre texte, mais la période est difficile…

Sachez en tout cas que je ne vous oublie pas, que je prends même du plaisir à lire vos pages, mais que la longueur du récit ne facilite pas les choses.

Un membre du comité de lecture l'a lu, il a été séduit par le ton mais pense qu'il y a un manque de concision certain.

Je terminerai la lecture en début de semaine prochaine et ne manquerai pas de vous écrire.

Deux mots me sautent aux yeux, « plaisir » et « séduit » ; le reste de son propos est flou et oublié aussitôt. Ne sont-ce pas là des qualités suffisantes, que dis-je nécessaires, pour être publié ? Cela ne fait aucun doute, j'y suis.

Je n'ai pas de forfait pour communiquer cette nouvelle à la terre entière alors je décide de fêter mon triomphe seul. Il me faut un lieu à part pour prendre la mesure de ce qui m'arrive. Les marais salants me semblent l'endroit idéal, hors du temps et féerique, pour effectuer ma retraite. Voilà, je vais aller fumer des cigarettes dans les marais, voir ma vie changer en attendant que le soleil se couche sur les œillets et que le voile tombe enfin sur mon existence de perdant. Je change de dimension : recueillement et dignité doivent accompagner ma mue. Je saute dans ma voiture de l'espace, j'ai un peu de peine pour elle, elle sera rapidement remplacée par un petit cabriolet 304 Peugeot. Je caresse son volant avec la tendresse d'un salaud qui s'apprête à abandonner son chien sur le bord de la route. Vaillante petite auto qui sent le chagrin et l'échec.

J'ai bien fait de venir dans les marais. Je suis seul, je peux rire aux éclats. Je l'ai gagné ce pari à la con. Je n'ai pas assez de poumons pour fumer les cigarettes que j'allume, les couleurs sont somptueuses, une odeur de succès plane autour de moi, c'est fantastique. Je marche et, tout d'un coup, j'entends le clocher du Croisic qui annonce six heures. Les cloches du triomphe finissent à peine de sonner pour moi que, l'instant d'après, se mettent à tintinnabuler celles de Batz-sur-Mer, le village voisin. Incroyable ! Les cloches indiquent la même heure avec un décalage. Je suis écrivain désormais et je prends ces choses très au sérieux. Entre ces deux volées de cloches, il y a un laps de temps qui n'existe pas. Je ne manquerai pas de l'évoquer dans mon prochain roman qui sera, je n'en doute plus maintenant, profond et mystérieux. Tout est roman, tout est création désormais. Comme les moustiques, les idées pullulent.

L'éditrice m'a écrit, annonçai-je à mon frère en rentrant. Elle prend *énormément de plaisir* à lire mon texte et le membre du comité de lecture est *totalement séduit* lui aussi ! C'est gagné, Xavier. Putain, c'est gagné. Merci à l'infini. Sans toi, je n'aurais jamais réussi tout ça. Il fait alors cette tête qui n'appartient qu'à lui lorsqu'il a du mal à croire à quelque chose, des yeux dubitatifs et un sourire tordu. Quoi qu'il en soit, j'ai peu de mal à le convaincre d'aller fêter ensemble cette nouvelle fabuleuse dans les bars de La Baule.

Notre ivresse est sardanapalesque. Durant les deux années d'écriture, ma carcasse s'était recroquevillée sur cette tâche au destin fragile, mes épaules s'étaient affaissées, j'avais gardé la tête baissée sur mon écran et sur ma vie. Regarder les gens dans les yeux était la certitude de m'y découvrir fou ou transparent. Aujourd'hui, je me déploie, mon torse se gonfle. Je toise d'un air conquérant cette assemblée qui danse sans savoir que très bientôt elle lira mon roman. Si le monde n'est pas à moi, cette soirée est bien la mienne. Je bois tout ce qui passe à ma portée, même les verres des autres, même les cocktails tièdes abandonnés. J'engloutis tout. Et ce qui n'était pas arrivé depuis de longs mois arriva, une fille sortie de nulle part vient me parler, me sourit. Elle sait, me dis-je, elle a un don, elle sait qui je suis ! Elle m'embrasse, je suis le roi du monde. Et elle ne se contente pas de ces baisers, elle me câline, me caresse, elle est tendre et de tendresse je n'ai pas reçu depuis deux ans. C'est si bon, si doux, être serré dans des bras est parfois plus fort qu'être embrassé à pleine bouche. Elle part nous commander des whiskys, cette fille est un miracle. Et tout ce que j'ai bu, les verres volés, empruntés et terminés cul sec me sautent d'un coup à la cervelle, je perds pied. Je ne sais pas ce qu'il s'est passé mais, comme ça m'arrive parfois, je reprends mes esprits quelques heures plus tard dans un autre bar, où je discute avec une autre fille très souriante elle aussi. Je suis perdu et triste de ne plus voir la première, et c'est dans un flou mélancolique que ma glorieuse nuit s'achève.

Seul. Bien entendu je me réveille seul. Enfin pas tout à fait puisque j'ai dormi avec le doux parfum du succès, qui accompagne aussi mon réveil tandis que mes tempes bourdonnent. Comme toujours dans ce cas-là, se précipitent dans mon esprit les images déformées de la nuit et le monde de l'édition me paraît, sur le moment, bien secondaire à côté de cette jeune fille dont j'ai perdu la trace. Mon premier réflexe est de consulter mon téléphone afin d'y trouver un numéro, un message, un appel en absence, tout est possible. Ce genre de soirée regorge d'angles morts. Et là, miracle, un numéro figure bien dans le journal d'appel. Un râle de soulagement accompagne cette découverte. Je m'étire dans mon lit, tout n'est pas foutu, je souris, je repense à l'éditrice, je suis verni, ce samedi est béni. Je m'imagine retraçant avec cette fille toutes les étapes qui m'ont mené à l'écriture, la joie que j'aurai de partager avec elle ce temps suspendu, celui qui suit la longue rédaction d'un roman et qui précède la signature du contrat.

Elle répond à mon premier message avec une retenue qui l'honore. Néanmoins, après quelques échanges nous convenons de nous retrouver à la terrasse d'un café sur le port. Avec intelligence et délicatesse à l'égard de mon degré d'ivresse de la veille, elle m'indique qu'elle portera un haut rouge imprimé de petites fraises. Quelle intention printanière ! Il me reste à emprunter un peu d'argent pour l'inviter. Mon frère a découché et ne répond pas au téléphone. Lui, au moins, ne disparaît jamais au moment fatidique avec les filles. Gaël, un vieil et grand ami que j'ai croisé la veille fera l'affaire, je le retrouve avant le rendez-vous pour prendre un verre, place du marché, et lui soutirer quelques deniers.

Je suis angoissé, j'ai le sentiment de me rendre à un entretien d'embauche. J'ai toujours été médiocre en matière de séduction, enfin nous avons déjà un peu batifolé en quelque sorte, je ne pars pas de zéro, je lui plaisais hier, rallumer la flamme ne devrait pas être trop difficile, c'est ce que j'aime à penser en me présentant devant cette terrasse. Je ne risque pas de me tromper, il n'y a qu'une fille. Que je n'ai jamais vu de ma vie. Je m'approche discrètement car les fraises rouges sur un tissu de la même couleur ne se révèlent pas immédiatement. C'est bien avec cette inconnue que j'ai rendez-vous. Embarrassé, je lui demande où nous nous sommes croisés. Elle me parle d'un bar dont je n'ai plus le moindre souvenir. Elle me dit que je l'ai beaucoup fait rire avant de disparaître. Drôle de coutume. Une évidence s'impose, elle s'attendait à rencontrer un clown et c'est ce que je suis avec mes espoirs, ma soif de tendresse. Son regard est rieur, je l'espérais séducteur. Embarrassé, je déploie un arsenal de platitudes, je paie sa menthe à l'eau et j'invoque un rendez-vous pour m'échapper.

Au moins me reste-t-il l'édition de mon roman. Cette pensée me réconforte toute la journée du dimanche, que je passe à rêvasser, répondant à voix haute aux questions que les journalistes ne manqueront pas de me poser – j'imagine que mon éditrice me proposera une formation à cet exercice délicat. Je relis plusieurs fois son courriel et je comprends bien que mon roman est trop long, je décide donc de réfléchir aux éventuelles coupes à effectuer. J'y passe la journée du lundi. Quel exercice atroce tout de même que celui de trancher dans son texte à peine achevé, mais qui a au moins le mérite de me faire patienter jusqu'à l'arrivée de ce mail :

Bonjour,

J'ai terminé la lecture de votre manuscrit, je vous mets ce jour au propre mes remarques mêlées à celles de mon collègue lecteur et vous les transmets dès demain. Nous sommes d'accord de manière générale : si votre texte nous a parfois

séduits, il ne nous a pas convaincus, « emportés » et nous ne pouvons envisager une publication.
Bien cordialement,

Quelle était cette histoire de cloches déjà ? Ah oui, elles sonnent la même heure à une minute d'intervalle. Cette minute n'existe pas.
Ce week-end n'avait pas existé.
Pas plus que la fille, le contrat d'édition, ce texte et finalement ma vie.

S'accepter

Le 17 janvier 2023, après une semaine à me lever à l'aube dans mon cabanon d'Ibiza pour tenter d'écrire des débuts de romans plus consternants les uns que les autres, je me rends à Sant Jesus dans la galerie d'art tenue par Héléna et Marcos, les propriétaires de ma *casita*. La responsable du service culturel du journal local, le *Diaro de Ibiza*, s'est montrée très intéressée par cet écrivain français qui vit seul dans une cabane au nord de l'île. De mon côté, je me montre très intéressé par la séduisante idée de passer du temps à autre chose qu'écrire des débuts de romans consternants. J'ai été prévenu que Maite Alvite, la journaliste, n'a lu aucun de mes livres. Quant à moi, je n'ai rien à lui dire, mis à part que je ne sais apparemment plus écrire. Après cinq mois, cela devient assez évident. Au vu du nombre de tentatives infructueuses, mon esprit s'est finalement apaisé ; on ne pourra pas me reprocher de ne pas avoir essayé. J'aurai tout tenté, même l'isolement total dans une petite *casita* perdue dans la pampa.

J'aime avoir des excuses à présenter, une bonne raison à avancer. J'ai beaucoup essayé vous savez, et ça n'a pas marché. L'écriture, ça ne marche plus. Oui, c'est con quand même, pour une fois que je savais faire un truc. J'en suis le premier désolé. Cinq mois ! Vous vous rendez compte. Je n'ai pas démissionné à la première difficulté, je me suis acharné. Voilà, il faut croire que c'était trop beau. Je savais faire un truc et puis c'est terminé. Bon bah c'est la vie. Au revoir et merci.

S'il y a quelque chose que je réussis très bien à enrober, ce sont mes démissions. Il faut rendre le discours de la démission plus important que la démission elle-même. J'ai passé une partie de ma vie à avoir des projets à la con et l'autre partie à expliquer pourquoi je ne les avais pas menés à bien. Chez moi, le succès réside presque dans la beauté de l'abandon. Cette interview pour le journal d'Ibiza en est encore un bel exemple. Visez un peu le stratège du fiasco : je me rends à une interview dans le but d'annoncer à une journaliste qui ne connaît pas mon travail, sur une île où peut-être cinquante-sept personnes ont lu un de mes romans et deux personnes et demie sont capables de m'identifier, que je ne sais plus écrire et que je vais raccrocher les gants.

En somme, je prévoyais d'annoncer une chose très importante pour moi à des gens qui n'en avaient strictement rien à foutre. Le choix du média, le choix du moment, le choix du sujet, rien n'allait. Et ce ratage total m'enchantait. Il y avait quelque chose de dramatiquement poétique dans cette démarche. Le crétin avec un mégaphone au milieu du désert qui braille qu'il va se flinguer si personne ne le retient. Vous l'aurez voulu, hurle-t-il à un troupeau de chèvres. Pan.

Il faut dire que si les jours précédents avaient été éprouvants pour ma vocation d'écrivain, ils s'étaient avérés très enthousiasmants pour ma vie de touriste. Je l'ai déjà dit, je suis un touriste épatant. Dès mon arrivée sur l'île, j'avais entrepris de visiter les alentours de ma cabane à pied. J'écrivais de la merde pendant deux heures, puis j'allais me promener.

Benirrás se trouve sur la municipalité de Sant Joan de Labritja. C'est une plage mythique où se sont longtemps données des soirées rythmées par le son des tambours, ces grands barnums pour hippies extasiés. La crique est encaissée, entre des roches roses et rouges, nichée au cœur de forêts de pins fluorescents. Des abris de fortune, des cabanes troglodytes, courent le long de la côte sur plusieurs dizaines de mètres, pourvus d'antiques terrasses en bois, de rampes pour hisser les barques de pêcheur. Au milieu de la baie, s'élève un rocher somptueux auréolé d'une myriade de légendes fantastiques : le Cap Bernat.

Ce paradis terrestre se trouvait à seulement vingt minutes à pied de ma *casita* et, bien entendu, constituait le point de départ de toutes mes excursions. Même si, il faut être clair sur le sujet, il n'y a rien de plus éloigné de moi qu'un hippie. Tous les délires ésotériques de gens habillés de pagnes qui posent des sourires et des regards niais sur le monde qui les entoure, et sur la vie en général, me tapent très vite sur le système. J'aurais envie de les secouer comme des pruniers en leur gueulant : Mais réveille-toi espèce d'abruti, t'as plus douze ans, il s'agirait de grandir un peu ! Et pourtant, s'il y a un endroit au monde où, non seulement je les supporte, mais où je les envie même un peu, c'est bien sur cette île. Je ne saurais l'expliquer mais il règne sur ce grand rocher une ambiance particulière. Les plus moqueurs me rétorqueront que les tonnes de drogues déversées sur ces quelques kilomètres carrés, favorisent ce genre d'ambiance et, ma foi, il est logique d'y penser spontanément tant les tornades de poudre et de pilules sont associées à la légende de l'endroit. Mais bon, un lundi matin de janvier 2023 il y a quand même peu de chance de tomber sur des toxicos sur cette côte sauvage du nord de l'île, et les gens que je croise semblent heureux sans même être défoncés. Prenons ce grand homme torse nu, avec sa barbe immense et fleurie, qui promène derrière lui un agneau bêlant, un peu comme le ferait saint Jean-Baptiste. Eh bien – bon, c'est un mauvais exemple, il est probablement tombé dans la marmite il y a très longtemps – il ne semble pas du tout malsain. Je le croiserais tous les jours pendant trois semaines, et si j'ai pu porter sur lui un regard étonné la première fois, le temps, l'ambiance ont fait que, très vite, il m'a semblé tout à fait normal de se promener en pagne avec un agneau à sa suite. J'étais même content d'appartenir au paysage de cet homme-là. Voilà où je voulais en venir : ce qui me semblerait grotesque partout ailleurs me paraît enviable et réjouissant à Ibiza. L'immense satisfaction de faire partie d'un grand cirque dans un décor paradisiaque, voilà la principale hallucination de ceux qui posent un pied sur cette île.

Le premier matin, avant même d'avoir croisé saint Jean-Baptiste, j'avais entrepris de longer la côte, sur ce qui me semblait être un petit chemin de douaniers à flanc de falaise. Passer de grottes en cabanons, sauter de rocher en rocher, partir à l'aventure et à l'aveugle, allait peut-être me permettre de découvrir, aussi, ce que j'avais dans la tête. J'étais venu sur cette île pour casser mon rythme, mes habitudes et surtout la malédiction de cinq mois de médiocrité professionnelle. La marche a toujours été excellente pour développer mes idées et construire mes textes. Je ne suis jamais rentré bredouille d'une longue randonnée. Je reviens toujours avec une idée, des mots, parfois des phrases entières. Il m'est même arrivé de presser le pas sur le chemin du retour lors de mes excursions sur la Côte Sauvage de la presqu'île guérandaise, avec des chapitres entiers, que je me récitais frénétiquement, mot à mot, en boucle, jusqu'à ce que j'arrive devant mon clavier pour me libérer de ce tremblement de phrase au bout des doigts, avec un sentiment d'urgence, une peur panique de les voir s'évanouir avant d'être sauvegardés. Ce genre de chose ne m'était pas arrivé depuis une éternité et je misais beaucoup sur cette longue promenade pour retrouver cet état d'esprit exaltant.

Je m'étais donc élancé avec fougue sur ce chemin côtier lorsqu'au bout d'une petite centaine de mètres, je tombai nez à nez avec quatre femmes nues, dont deux avaient l'audace de tremper leur peau dans une eau aussi translucide que glaciale. Cette apparition constituait un obstacle considérable à ma démarche. Je ne sais comment l'exprimer clairement sans paraître pervers, voyeur, tordu. C'est un défi. Dire ce que j'ai pensé sans trop en faire, mais sans minimiser pour autant la divine surprise que représente la vision de quatre femmes nues que je n'avais pas du tout envisagé de croiser. Voilà un exercice intéressant.

Je suis probablement un homme de Cro-Magnon mais la nudité des femmes m'émeut. Je n'ai pas cette hauteur de vue de certains hommes modernes qui auraient pu dire à ma place : bah quoi ! leur nudité est sans doute une manière de se connecter à la nature. Oui, oui, bien entendu. Mais hélas, moi, vous voyez, je me sens connecté à leur nudité. Honte, honte de l'homme né au siècle dernier. C'est pas ma faute, j'étais pas préparé, pourrais-je répondre comme un adolescent. J'étais parti pour marcher, enjamber des rochers, écarter des arbustes, pas pour tomber nez à nez avec une escouade de sirènes à poil. Et c'est cette absence de préparation qui a rendu la scène si particulière. La décence aurait voulu que je fasse demi-tour et que je détourne le regard, mais l'horrible instinct de l'homme des bois a quand même eu envie de garder un souvenir précis de cette divine apparition. Comment réagir ? Mon esprit a eu très peu de temps pour élaborer une stratégie intelligente et adaptée – d'ailleurs, il ne l'a pas fait. Qui aurait pu imaginer qu'un lundi matin du mois de janvier, au bout d'une plage presque vide, se trouveraient quatre naïades nues barbotant gaiement dans des eaux glacées ? Personne. Au bout de sept secondes, j'ai pris conscience que j'étais là depuis trop longtemps et j'ai tourné les talons en me disant que, sept secondes, décidément, ce n'était pas assez. Voilà le sentiment que m'a laissé cette apparition : trop et pas assez.

Et ce sentiment agaçant m'a accompagné longtemps. Ces quatre jeunes femmes ont considérablement changé la structure de ma journée. Elles ont commencé par bloquer mon chemin, ma trajectoire, m'ont obligé à faire demi-tour au lieu d'avancer – ce qui ressemble furieusement à un faux départ –, puis elles ont, sans le vouloir, entravé ma réflexion. Mon esprit butait sur des paires de seins et quatre buissons. La culpabilité étant de saison, sachez que je culpabilisais énormément de ces vilaines pensées, mais voilà, l'horrible instinct sauvage dévorait tout sur son passage dans ma petite cervelle d'homme minable. D'un côté, je me disais, n'est-ce pas formidable, je viens d'arriver à Ibiza et, dès le premier matin, je tombe sur des femmes nues. Le contrat est respecté, cette île tient des promesses que je ne lui avais pas demandé de formuler. Et d'un autre côté, je suis venu pour me concentrer sur mon écriture et je ne pense qu'au sexe. C'est moche, Dieu que c'est moche.

Ce qui est encore plus moche, c'est que mon cerveau confus a tenté de concilier texte et sexe, et l'idée m'est venue d'un titre qui pourrait donner lieu à un roman : *Comme des sirènes au mois de janvier.* Je jure que cette pensée stupide a jailli d'un coup. Puis ce titre ridicule a tourné en boucle dans mon esprit pendant un bon moment. Pas deux secondes, non non, plutôt deux bonnes heures. Il n'y avait rien derrière ce titre. Il n'y avait que lui. Un titre maléfique qui tournait tout seul comme dans une machine à laver, noyé dans l'eau et les bulles. Le titre et le néant. Il n'est pas nécessaire d'être neurologue ni psychologue pour comprendre qu'il permettait à mon cerveau malade de ne pas penser à ce que j'avais vu, en y pensant quand même.

Décidément, cette randonnée était un fiasco. En deux heures j'étais revenu de ma pêche avec sept mots ridicules dans mon épuisette. Car évidemment, même si mon esprit ressassait ce titre *ad nauseam*, il savait très bien qu'il ne fallait rien en attendre. Voici le roman : un homme marche dans les rochers au mois de janvier, il voit quatre femmes nues. Voilà. Bonne lecture. Le texte fait quinze mots, le titre sept. Tout va bien, je suis venu sur cette île pour révolutionner ma manière d'écrire, c'est une réussite.

Mais ma journée n'était pas terminée. Pour qui me prenez-vous ? Pour un type qui démissionne à la première difficulté ? Vous auriez raison ceci dit, j'abdique souvent à la première embûche. Mais pas ce jour-là. J'ai donc entrepris d'aller laver ma tête en arpentant les montagnes qui surplombent la mer Méditerranée. Et au bout de quelques heures, non seulement ce titre idiot s'était effacé de mon circuit intégré, mais en plus il avait laissé place à un grand vide et donc à une grande disponibilité créative. Alors voilà, je chemine sous le soleil magnifique des Baléares. Je croise des *fincas* somptueuses cachées derrière de grands murs blancs colonisés par les plantes grimpantes, je croise des perdrix qui courent à toute vitesse pour se cacher derrière des bosquets. Je vois même, et je crois halluciner, un grand lézard bleu se faufiler et disparaître dans un pierrier. Comme je suis un aventurier complet, je ferai des recherches plus tard pour découvrir que ces lézards bleus existent seulement aux Baléares, et qu'ils portent le nom savant de *Podarcis pityusensis.* Voilà, un peu d'érudition ne peut pas faire de mal. Enfin, ce sont de très beaux lézards et la rencontre de celui-ci m'a rendu heureux et, mieux encore, ne m'a évoqué aucun titre douteux, du type *Comme un lézard bleu au mois de janvier* par exemple.

Et là patatras ! Alors que je m'éloignais du niveau de la mer et des sirènes ensorcelantes qui la peuplaient, alors que je me rapprochais du sommet de cette montagne et des cieux auxquels j'aspirais, je tombe sur un grand et vieux bateau, posé là, comme ça. Scène surréaliste, s'il en est. Trois heures d'ascension sur des petits chemins poussiéreux entre des arbres majestueux et calmes, trois heures de randonnée studieuse pour libérer mes neurones sous emprise, tout ça pour tomber sur un bateau au sommet d'une montagne. Un bateau sorti de nulle part, à 200 mètres au-dessus du niveau zéro de la mer. C'en était trop pour mon petit cerveau. Et que croyez-vous qu'il fit ? Il ne trouva rien de mieux que de produire un titre ridicule. Le pire titre au monde. Ce genre de titre qu'on trouve dans une station-service Esso au cœur d'un mois d'août brûlant. Un titre de livre coincé entre des pinces crocodiles et un sandwich triangle. Je n'ose même pas l'écrire tant j'ai peur qu'il reste coincé dans ma tête jusqu'à la fin de mes jours, qu'il hante ma famille sur des générations : *Comme un bateau au sommet d'une montagne.*

Qu'avais-je donc avec ces titres qui commençaient par *Comme*, souvent annonciateurs de navets fabuleux ? Tandis que je faisais le tour de ce grand bateau, je ricanais comme un idiot en me demandant ce que je pouvais tirer de cette découverte improbable et quelle histoire passionnante allait pouvoir jaillir d'une telle vision ? Une foule d'idées tourbillonnaient sous mon crâne, toutes plus ahurissantes les unes que les autres et, surtout, toutes associées à ce titre atroce, qui les cramait d'office. Rien ne pouvait naître, ni croître sous un titre pareil. Rien ne pouvait repousser après son passage.

Alors que je redescendais la montagne en grommelant, triste et furieux de n'avoir en tête que deux mauvais titres après cinq heures de randonnée dont j'attendais énormément, je parlais tout seul, je m'insultais et riais à mes propres insultes. J'avais loué une petite cabane pour trois semaines, j'avais même payé le voyage en ferry à mon automobile et, depuis le pont, j'avais regardé l'horizon comme un conquérant, j'avais vu cette terre promise et m'étais emballé à l'idée d'écrire un chef-d'œuvre sur ce caillou paradisiaque. J'étais à deux doigts de me dresser sur la proue comme Leonardo Di Caprio et de hurler aux embruns que le monde m'appartenait. Et finalement, deux jours plus tard, j'étais comme Leonardo, en train de couler tout seul comme une merde et de disparaître dans les eaux glacées de la médiocrité avec mes deux titres naufragés et la tête rongée par des sirènes.

Cette interview au *Diaro de Ibiza* arrivait à point nommé. À défaut d'écrire pour l'avenir, je pouvais au moins faire la promotion de mes textes passés. C'est toujours très bon pour l'ego de donner une interview, même si ça l'est beaucoup moins quelques jours plus tard quand on a le résultat sous les yeux. Toutes les phrases brillantes semblent avoir disparu, toutes les reparties étincelantes se sont miraculeusement évanouies, ne laissant sur le papier que des sentences boursouflées et des raisonnements amphigouriques, illustrés par une gueule bouffie sur un papier de mauvaise qualité.

Bref, ce n'était pas le moment de penser à tout ça. Maite Alvite avait la gentillesse de me consacrer du temps et de l'intérêt, j'allais passer quelques heures agréables avec cette journaliste. Marcos, mon nouvel ami galeriste avait demandé à un de ses amis de venir m'épauler pour la traduction. Les lieux étaient élégants et apaisants. Le père de Marcos, Rafael Tur Costa était un peintre important des Baléares et c'est au milieu de ses toiles que j'allais pouvoir me confesser.

Je trouve l'enthousiasme de la journaliste épatant. Voici une femme heureuse de faire ce qu'elle fait. La curiosité chevillée au corps, elle me pose plein de questions très intéressantes, sur un parcours qui me semble ne pas l'être du tout, et auxquelles je tente de répondre avec mon espagnol lamentable. Malgré tout, je trouve l'interview très fluide. Je ne sais pas si c'est l'intérêt de la journaliste pour une vie, la mienne, que je trouvais inutile et déplorable, qui m'a redonné confiance en moi, mais au fil de l'entretien, je me redresse, je me sens mieux. Et la théorie de Harvard, selon laquelle parler de soi est aussi efficace que de sniffer de la cocaïne, se vérifie. Une douce euphorie s'empare de moi. Après une semaine seul dans ma *casita*, je ne suis pas mécontent de parler à des gens.

Pourquoi écrivez-vous ? Comment cette vocation est-elle née ? Ces questions n'ont l'air de rien, comme ça, mais tenter d'y répondre allait m'entraîner beaucoup plus loin que les colonnes du *Diaro de Ibiza*. Je n'imaginais pas qu'elles allaient initier l'écriture du texte que vous avez désormais sous les yeux. Je me suis lancé, j'ai raconté que si j'avais commencé à écrire, c'est tout simplement parce qu'en 1981 le téléviseur de la rue Copernic avait implosé, et qu'à la veille de l'élection présidentielle qui allait opposer Giscard et Mitterrand mon père avait conditionné le rachat ou la réparation du poste à la défaite du socialiste. Mitterrand ayant remporté l'élection, j'ai grandi sans télévision ce qui m'a obligé à lire beaucoup et à m'ennuyer énormément, et voilà la première étape de ma vie d'écrivain. Elle n'est pas décisive, il y en a eu d'autres, mais je suis certain que celle-ci a été fondatrice.

Quoi qu'il en soit, l'assemblée – les cinq personnes qui se trouvent dans la galerie – semble trouver ça très drôle. En tout cas, elles sourient et au moment où je déclare que mon père ne voulait pas de télévision car il refusait d'avoir des socialistes dans son salon, tout le monde rit franchement. Ma foi, c'est très agréable, la drogue de Harvard fait son effet et je me dis que je tiens peut-être quelque chose. Cette interview, où j'envisageais de révéler que je ne savais plus écrire à des gens qui ignoraient que j'écrivais, venait de m'offrir, innocemment, le sujet de mon futur livre.

Le lendemain matin, pour la première fois depuis des mois, j'ai eu un fil sur lequel tirer. Lors de mes précédentes tentatives, j'avais voulu décrire un personnage grotesque qui me permettrait de développer toutes les formes d'humour possibles, l'ironie, le cynisme, le comique de situation, celui de répétition, l'absurde... Spirituellement, puisqu'il s'agissait d'un génie redoutable de la bêtise, j'avais remanié le nom de Machiavel pour appeler mon personnage Anatole Malachiev – ça claquait. J'avais de la tendresse pour lui. Voilà, Malachiev était drôle mais pour la première fois de ma courte vie d'écrivain, le texte s'était dérobé, rien de valable ne venait.

En sortant de cette interview dans la galerie d'art à Sant Jesus, je réalisais que le personnage le plus grotesque que je connaissais, eh bien c'était moi.

ACHEVÉ D'IMPRIMER
EN JANVIER DEUX MILLE VINGT-QUATRE
PAR L'IMPRIMERIE FLOCH À MAYENNE.